세 마리 토끼 잡는 독서 논술

C2
초3~초4

저자: 지에밥 창작연구소_

'지에밥'은 '찐 밥'이라는 뜻을 가진 순우리말로, 감주 · 막걸리 · 인절미 등 각종 음식의 재료를 뜻합니다.
'지에밥 창작연구소'는 차지고 윤기 나는 밥을 짓는 어머니의 정성처럼 좋은 내용으로 세상 모든 사람들에게
넉넉하게 쓰일 수 있는 지혜를 선물하고 싶습니다.

이 책을 쓴 지에밥 연구원들_

강영주(지에밥 창작연구소 소장, 빨간펜 논술, 기탄 국어 등 기획 개발), 김경선(동화작가 및 기획 편집자),
김혜란(동화작가, 아동문학가협회 회원), 왕입분(동화작가 및 기획 편집자), 우현옥(동화작가), 이현정(동화작가),
이혜수(기획 편집자), 이현정(동화작가 및 기획 편집자), 정성란(동화작가), 조은정(동화작가 및 기획 편집자),
최성옥(기획 편집자), 한현주(동화작가), 한화주(동화작가), 홍기운(동화작가 및 기획 편집자)

이 책을 감수한 선생님들_

권영민(서울대학교 국어국문학과 교수), 홍준의(서원대학교 과학교육과 교수),
김병구(숙명여자대학교 의사소통센터 교수), 문영진(전북대학교 국어교육과 교수), 조현일(원광대학교 국어교육과 교수),
김건우(대전대학교 국어국문학과 교수), 유호종(서울대학교 철학박사), 구자송(상암고등학교 국어 교사),
김영근(서울과학고등학교 국어 교사), 최영환(여의도고등학교 국어 교사), 구자관(한성과학고등학교 국어 교사),
윤성원(한성과학고등학교 국어 교사), 장원영(세화고등학교 역사 교사), 박영희(대왕중학교 과학 교사),
심선희(서울고등학교 과학 교사), 한문정(숙명여자고등학교 과학 교사)

세 마리 토끼 잡는 독서 논술 C2권

펴낸날 2022년 3월 15일 개정판 제7쇄
지은이 지에밥 창작연구소 | **연구원** 김지연, 조은정, 이자원, 차혜원, 박수희 | **펴낸이** 주민홍 | **펴낸곳** ㈜NE능률 | **디자인** framewalk | **삽화** 김석류(표지, 캐릭터) **영업** 한기영, 이경구, 박인규, 정철교, 김남준, 김남형, 이우현 | **마케팅** 박혜선, 고유진, 김여진 | **주소** 서울특별시 마포구 월드컵북로 396(상암동) 누리꿈스퀘어 비즈니스타워 10층(우편번호 03925) | **전화** (02)2014-7114 | **팩스** (02)3142-0356 | **홈페이지** www.nebooks.co.kr | **출판등록** 제1-68호
ISBN 979-11-253-3088-2 | 979-11-253-3113-1 (set)

펴낸날 2012년 3월 1일 1판 1쇄
기획 개발 지에밥 창작연구소 | **디자인 기획 진행** 고정선 | **디자인** 유정아, 박지인, 이가영, 김지희 | **삽화** 오유선, 안준석, 정현정, 윤은하, 김민석, 윤찬진, 정효빈, 김승민

제조년월 2022년 3월 **제조사명** ㈜NE능률 **제조국** 대한민국 **사용 연령** 10~11세

하루하루 성장하는
내 아이의 모습을 확인하길 바라며

프랑스의 유명한 정신 분석학자이자 철학자인 라캉은 인간이 성장한다는 것은 '상징계'에 편입되는 것이라고 말했습니다. 그가 말한 상징계란 '언어를 매개로 소통하는 체계'를 의미하는데, 우리가 살아가는 세상 혹은 사회가 바로 그것입니다. 결국 한 아이가 태어나서 정신적으로 성장하는 아동기에서 가장 중요한 것은 언어로 소통하는 능력을 키우는 일입니다. 〈세 마리 토끼 잡는 독서 논술〉은 이와 같은 점에 주목하여 기획하고 구성하였습니다.

첫째, 문자 언어를 비롯하여 그림, 도표 등 다양한 상징체계를 이해하는 과정을 통해 통합적인 언어 이해력을 키울 수 있도록 하였습니다.

둘째, 텍스트 이해력뿐만 아니라 추론 능력, 구성(표현) 능력, 비판적 사고 능력 등을 통합적으로 길러서 여러 가지 문제를 해결하는 데 실질적으로 도움이 될 수 있도록 하였습니다.

셋째, 초등 교육과정의 핵심 내용과 밀접하게 연계되도록 설계하였습니다.

부모님보다 더 훌륭한 스승은 없습니다. 〈세 마리 토끼 잡는 독서 논술〉은 부모님 이외의 다른 어떤 선생님도 필요 없습니다. 이 학습 프로그램을 통해서 하루하루 성장하는 내 아이의 모습을 확인하는 기쁨을 누리시길 바랍니다.

세 마리 토끼잡는 독서논술 이란?

어떤 책인가요?

하나의 주제와 관련된 다양한 글(동화, 시, 수필, 만화, 논설문, 설명문, 전기문 등)을 읽고 통합 교과적인 문제를 풀면서 감각적 언어 능력(작품의 이해와 감상)과 논리적 이해 능력(비문학의 구조, 추론, 적용 등), 국어 지식(어휘, 문법 등), 사회와 과학 내용 등을 통합적으로 익히는 독서 논술 프로그램 학습지입니다.

몇 단계, 몇 권인가요?

〈세 마리 토끼 잡는 독서 논술〉은 다음과 같이 총 5단계, 25권입니다.

단계	P단계	A단계	B단계	C단계	D단계
대상 학년	유아~초등 1년	초등 1년~2년	초등 2년~3년	초등 3년~4년	초등 5년~6년
권 수	5권	5권	5권	5권	5권

세 마리 토끼란?

'독서', '사고', '통합 교과'의 세 가지 영역을 말합니다. 즉, 한 권의 독서 논술 책으로 다양한 장르의 글을 읽을 수 있고, 논술 문제를 풀면서 사고력을 기를 수 있으며, 초등학교 주요 교과 내용과 연계된 문제를 풀면서 통합 교과 학습을 할 수 있습니다.

 독서
*각 단계에 맞게 초등학교의 주요 교과 내용을 주제로 정함.
*각 권의 주제와 관련된 글을 언어, 사회, 과학 등으로 나누어 읽을 수 있음.

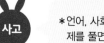 **사고**
*언어, 사회, 과학 등과 관련된 다양한 장르의 글을 읽고 논술 문제를 풀면서 생각하는 능력과 생각하는 폭을 확장할 수 있음.

 통합 교과
*다양한 장르의 글을 읽고 초등학교 국어, 사회, 과학 등의 학습 내용과 관련된 문제를 풀면서 통합 교과 학습을 할 수 있음.

하루에 세 장씩 꾸준히 학습하면 세 마리 토끼를 잡을 수 있어요.

하루에 세 장씩 학습하면 한 권을 한 달에 끝낼 수 있어요.

세마리 토끼잡는 독서논술 이런 점이 다릅니다

초등학교 교과 내용과 긴밀하게 연결되어 있습니다.

각 단계의 권별 내용과 문제는 그 단계에 맞는 학년의 주요 교과 내용과 긴밀하게 연결되어 교과 학습에 도움을 줍니다.

하나의 주제를 통합 교과적으로 접근합니다.

각 권마다 하나의 주제가 있고, 그 주제를 언어, 사회, 과학과 연결시켜서 사고를 확장할 수 있게 하였습니다. 그리고 여러 교과와 연계된 문제를 풀면서 통합 교과적인 사고를 할 수 있습니다.

다양한 서술·논술형 문제를 풀 수 있습니다.

매 페이지마다 통합 교과 논술 문제를 제시하여 생각하는 힘과 표현력을 키울 수 있는 것은 물론 학교 시험에서 강화되고 있는 서술·논술형 문제에 대비할 수 있습니다.

다양한 장르의 글을 접할 수 있습니다.

각 주제와 관련된 명작 동화, 창작 동화, 전래 동화, 설화, 설명문, 논설문, 수필, 시, 만화, 전기문 등 다양한 장르의 글을 읽으면서 각 장르의 특성을 체험하며 독서하는 습관을 기를 수 있습니다. 특히 현재 왕성하게 활동하고 있는 여러 동화 작가의 뛰어난 창작 동화가 20여 편 수록되어 있습니다.

수준 높은 그림을 많이 제시하여 흥미롭게 학습할 수 있습니다.

어린이들은 글과 그림이 조화를 이룬 책으로 공부할 때 학습 효과를 높일 수 있습니다. 또한 좋은 그림은 어린이들의 정서 발달에 도움을 줍니다. 이런 점을 생각하여 한 페이지를 넘길 때마다 수준 높은 그림을 제시하여 어린이들이 흥미롭게 학습할 수 있도록 하였습니다.

세 마리 토끼잡는 독서논술은 이렇게 구성되었습니다

★ 한 주의 학습을 시작하기 전에 주제와 관련된 사진이나 그림을 보고, 앞으로 학습할 내용에 대해 흥미를 가질 수 있도록 하였습니다.

★ '생각 톡톡'의 문제를 풀면서 주제에 대한 자신의 경험이나 평소 생각을 돌이켜 보며 앞으로 학습할 내용을 짐작할 수 있도록 하였습니다.

★ 통합 교과 활동과 이어질 교과서의 연계 교과를 보며 교과 내용을 참고할 수 있도록 하였습니다.

독서 중 활동   깊고 넓게 생각하기

★ 한 권에 하나의 주제가 있고, 그 주제를 언어, 사회, 과학으로 나누어서 다양한 장르의 글을 읽으며 통합 교과 문제와 논술 문제를 풀 수 있도록 구성하였습니다.

★ 1주는 언어, 2주는 사회, 3주는 과학과 관련된 제재로 구성하였고, 4주는 초등 교과에서 다루고 있는 여러 가지 장르별 글쓰기(일기, 동시, 관찰 기록문, 기행문, 독서 감상문, 기사문, 논설문, 설명문, 희곡 등)와 명화 감상, 체험 학습 등의 통합 교과 활동으로 구성하였습니다.

독서 후 활동　생각 정리하기

되돌아봐요

★ 앞에서 읽은 글을 돌이켜 보면서 이야기의 흐름과 중심 생각을 파악하고, 더 나아가 자신의 생각을 발전시키는 문제를 풀 수 있도록 하였습니다. 이를 통해 한 주 동안 읽고 생각한 내용을 머릿속에서 차근차근 정리할 수 있습니다.

내가 할래요

★ 주제와 관련된 여러 가지 활동을 하며 한 주의 학습을 마무리할 수 있도록 하였습니다. 종이접기, 편지 쓰기, 그림 그리기 등 재미있는 활동을 하며 창의력과 상상력을 키울 수 있습니다.

★ 한 주의 학습이 끝난 다음 체크 리스트를 통해 학습한 주요 내용을 잘 이해하고 적용할 수 있는지 평가할 수 있습니다.

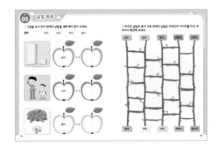

낱말 쏙쏙 (유아 P단계)

★ 한 주 동안 글을 읽으며 새로이 배운 낱말들을 그림과 더불어 살펴보고 익힐 수 있습니다.

궁금해요 (초등 A~D단계)

★ 한 주 동안 읽은 글이나 주제와 관련된 배경지식을 제공하여 앞에서 학습한 내용을 좀 더 깊이 이해할 수 있습니다.

세마리 토끼잡는 독서논술의 커리큘럼

단계	권	주제	제재			
			언어(1주)	사회(2주)	과학(3주)	통합 활동 장르별 글쓰기(4주)
P (유아 ~초1)	1	나의 몸 살피기	뾰족성의 거울 왕비	주먹이	구슬아, 어디로 가니?	몸 튼튼, 마음 튼튼
	2	예절 지키기	여우와 두루미	고양이가 달라졌어요	비비네 집으로 놀러 와!	안녕하세요?
	3	친구와 사귀기	하얀 토끼, 까만 토끼	오성과 한음	내 친구를 자랑합니다!	거꾸로 도깨비 나라
	4	상상의 즐거움	헤라클레스의 모험	용용 죽겠지?	나는야 좋은 바이러스	상상이 날개를 달았어요
	5	정리와 준비의 필요성	지우개야, 고마워!	소가 된 게으름뱅이	개미 때문에, 안 돼~!	색깔아, 모양아! 여기 모여라!
A (초1 ~초2)	1	스스로 하기	내가 해 볼래요!	탈무드로 알아보는 스스로 하는 힘	우리도 스스로 잘 살아요	일기를 써 봐요
	2	가족의 소중함	파랑새	곰이 된 아빠	동물들의 특별한 아기 기르기	편지를 써 봐요
	3	놀이의 즐거움	꼬부랑 할머니와 흰 눈썹 호랑이	한 번도 못 해 본 놀이	동물 친구들도 노는 게 좋대요	머리가 좋아지는 똑똑한 놀이
	4	계절의 멋	하늘 공주가 그린 사계절	눈의 여왕	나뭇잎을 관찰해요	동시를 써 봐요
	5	자연 보호	세모산 솔이	꿀벌 마야의 모험	파브르 곤충기 (송장벌레)	관찰 기록문을 써 봐요
B (초2 ~초3)	1	학교생활	사랑의 학교	섬마을 학교가 좋아졌어요	우리 반 사고뭉치 기동이	소개하는 글을 써 봐요
	2	호기심 과학	불개 이야기	시턴 "동물기" (위대한 통신 비둘기 아노스)	물을 훔쳐 간 범인을 찾아라!	안내하는 글을 써 봐요
	3	여행의 즐거움	하나의 빨간 모자	15소년 표류기	갯벌 탐사 여행	기행문을 써 봐요
	4	즐거운 책 읽기	행복한 왕자	멸치 대왕의 꿈	물의 여행	독서 감상문을 써 봐요
	5	박물관 나들이	민속 박물관에는 팽이가 산다	재미있는 세계 이야기 박물관	과학관으로 놀러 오세요	광고하는 글을 써 봐요

단계	권	주제	제재			
			언어(1주)	사회(2주)	과학(3주)	통합 활동 장르별 글쓰기(4주)
C (초3 ~초4)	1	교통의 발달	자동차의 왕, 헨리 포드	당나귀를 타려다가……	교통수단, 사람들 사이를 잇다	명화 속 교통수단
	2	날씨와 환경	그리스 로마 신화	북극 소년 피터	생활 속 과학	날씨와 생활
	3	나누며 사는 삶	마더 테레사	민들레 국숫집	지진과 화산	주장하는 글을 써 봐요
	4	지역의 자연환경	울산 바위의 유래	우리 마을이 최고야!	아름다운 우리 고장	우리 마을 지도를 그려 봐요
	5	지역의 문화	준치가 메기 된 날	강릉의 딸, 겨레의 어머니 신사임당	우리나라 풀꽃 이야기	지역 특산물을 소개해 봐요
D (초5 ~초6)	1	우리 역사	삼국유사	옛날 사람들은 어떻게 살았을까?	역사를 바꾼 겨레 과학	지붕 없는 박물관, 경주 역사 유적 지구
	2	문화재	반야산 불상의 전설	난중일기	우리 문화에 숨어 있는 과학	설명하는 글은 어떻게 쓸까요?
	3	경제생활	탈무드로 만나는 경제	나눔을 실천한 기업가 유일한	재미있는 확률 이야기	기사문은 어떻게 쓸까요?
	4	정보화 사회	컴퓨터 천재 빌 게이츠	봉수와 파발	컴퓨터와 인터넷 세상	연설문은 어떻게 쓸까요?
	5	세계와 우주	우주를 여행하는 과학자 스티븐 호킹	80일간의 세계 일주	별과 우주	희곡은 어떻게 쓸까요?

각 학년의 교과와
연계된 주제로 다양한 글을
읽을 수 있어요.

세 마리 토끼잡는 독서논술 이렇게 공부하세요

자신 있게 학습할 수 있는 단계를 선택하세요.

〈세 마리 토끼 잡는 독서 논술〉은 어린이 개인의 능력에 따라 단계를 선택하여 학습할 수 있는 교재입니다. 학년과 상관없이 자신이 자신 있게 학습할 수 있는 단계부터 선택하는 것이 중요합니다. 너무 어려운 단계나 너무 쉬운 단계를 선택하면 학습에 흥미를 잃을 수 있으므로 주의하세요.

한 주 동안 읽어야 할 독서 자료를 미리 읽으세요.

한 주 동안 읽어야 할 독서 자료를 미리 읽고 전체 내용을 파악한 다음, 매일 3장씩 읽고 문제를 푸는 것이 독서 학습을 하는 데 효과적입니다. 독서에는 흐름이 있습니다. 전체의 흐름을 미리 알고 세부적인 문제를 푸는 것이 사고력 확장에 도움이 됩니다.

매일 3장씩 꾸준히 공부하세요.

'가랑비에 옷이 젖는다.'라는 속담처럼 매일 꾸준히 3장씩 읽고, 생각하고, 표현하다 보면 독서, 사고, 통합 교과적 사고 능력이 성장한다는 것을 느낄 수 있을 것입니다. 그리고 매일 학습을 마친 뒤에는 '1일 학습 끝!' 붙임 딱지를 붙이면서 성취감을 느껴 보세요.

한 주 학습을 마친 후 자기 평가를 해 보세요.

한 주 학습이 끝난 다음에는 체크 리스트를 통해 학습한 내용을 얼마나 이해하고 적용할 수 있는지 스스로 평가해 보세요. 그래서 부족한 부분이 있다면 다시 한번 짚고 넘어가세요.

부모님과 깊이 있는 대화를 나누어 보세요.

한 주 동안 독서 자료를 읽고 문제를 풀면서 생각하고 표현해 보았다면, 그 주제에 대해 부모님과 이야기를 나누어 보세요. 주제에 대해 자신이 새롭게 알게 된 것이나 다르게 생각하게 된 것을 부모님과 이야기하다 보면 생각이 더욱 커진답니다.

한 주 학습표

일	월	화	수	목	금	토

★ 한 주 동안 읽어야 할 독서 자료 미리 읽기

★ 매일 3장씩 학습하기 → '1일 학습 끝!' 붙임 딱지 붙이기 → 한 주 학습이 끝나면 체크 리스트를 보며 평가하기

★ 부족한 부분 되짚기
★ 주요 내용 복습하기

세마리 토끼 잡는 독서논술

C단계 2권

주제	주	제목	교과 연계 내용
날씨와 환경	언어(1주)	그리스 로마 신화	[국어 3-1] 원인과 결과를 생각하며 읽기
			[국어 3-2] 인물에 알맞은 표정, 몸짓, 말투를 생각하며 작품 감상하기 / 인물의 말과 행동 실감 나게 표현하기
			[국어 4-2] 이야기의 구성 요소 이해하며 읽기 / 책을 읽고 자신의 생각이나 느낌을 담아 독서 감상문 쓰기
			[미술 3~4] 재미있는 상상의 세계를 표현하기
	사회(2주)	북극 소년 피터	[국어 3-1] 원인과 결과를 생각하며 읽기 / 재미있거나 감동적인 부분을 나누며 작품 감상하기
			[국어 4-1] 이야기의 흐름을 살피며 글의 내용을 간추리기
			[사회 3-2] 환경에 따른 생활 모습의 다양성 탐구하기
			[과학 3-2] 동물이 사는 다양한 환경 알기
	과학(3주)	생활 속 과학	[국어 5-1] 글의 구조를 알고 내용 요약하기
			[수학 3-2] 들이와 무게를 나타내는 표준 단위 알고 덧셈과 뺄셈을 하기
			[과학 3-1] 자석의 성질과 힘의 작용 알기
			[과학 4-1] 물체의 무게와 무게 측정 방법 익히기 / 다양한 저울의 특징 알기
			[과학 4-2] 그림자가 생기는 조건 알기 / 거울에 물체가 비치는 원리 알기 / 물의 상태 변화 정리하기
	통합 활동(4주)	날씨와 생활	[국어 3-1] 문단의 짜임을 생각하며 설명문 읽기 / 중심 문장과 뒷받침 문장을 구분하기
			[사회 3-2] 환경에 따른 생활 모습의 다양성 탐구하기 / 우리 민족의 세시 풍속과 생활 모습 알기
			[과학 6-1] 낮과 밤, 계절에 따라 달라지는 지구를 자전 및 공전으로 설명하기

1주

그리스 로마 신화

생각톡톡 천둥과 번개는 어떻게 만들어질까요? 신과 연관 지어 상상하여 써 보세요.

관련교과 [국어 3-1] 원인과 결과를 생각하며 읽기
[국어 4-2] 이야기의 구성 요소 이해하며 읽기 / 책을 읽고 자신의 생각이나 느낌을 담아 독서 감상문 쓰기

카오스에서 나온 밤과 낮

아주 오랜 옛날, 이 세상의 처음에는 아무것도 없었어요. 모양도 없고 하늘과 땅의 질서도 없는 어둠뿐이었지요. 이것을 '카오스'라고 불러요.

그러던 어느 날, 유난히 까맣게 덩어리진 어둠 사이에서 또 다른 어둠이 태어났어요. 바로 어둠의 신 '에레보스'였답니다. 그리고 얼마 뒤 어둠의 여신 '닉스'도 태어났지요. 에레보스와 닉스는 첫눈에 사랑하는 사이가 되었어요.

"아, 너무 캄캄해요! 에레보스, 난 이곳에 환한 빛과 깨끗한 공기가 가득하도록 만들고 싶어요."

이후 에레보스와 닉스 사이에서 낮의 여신 '헤메라'가 태어났어요. 그리고 곧 '아이테르'도 태어났지요. 아이테르는 대기 또는 높은 하늘의 신이에요. 그리하여 드디어 세상은 밝은 낮과 어두운 밤으로 나뉘게 되었지요.

또다시 닉스의 몸이 꿈틀꿈틀 움직이기 시작했어요.

"어, 이번엔 알을 낳았네!"

얼마 안 있어 그 알에서 사랑의 신 '에로스'가 태어났답니다.

※ 대기: 공기.
※ 에로스: 사랑의 신 에로스는 아프로디테의 아들이라는 설도 있어요.

언어 **1. 다음 중 에레보스와 닉스 사이에서 탄생한 신이 <u>아닌</u> 것은 누구인가요? (   )**

① 카오스   ② 에로스   ③ 헤메라   ④ 아이테르

 과학 탐구 **2. 다음 빈칸에 공통으로 들어갈 낱말은 무엇인가요? (   )**

- 해가 뜰 때부터 질 때까지의 동안을 <u>   </u>이라고 한다.
- <u>   </u>에는 햇빛이 있어 밝고 그림자가 생긴다.
- 에레보스와 닉스 사이에서 <u>   </u>의 여신 헤메라가 태어났다.

① 밤   ② 낮   ③ 공기   ④ 어둠

 논술 **3. '카오스'는 우주가 생겨나기 이전의 어둠뿐인 무질서한 상태를 말합니다. 만약 지금 여러분이 카오스에 살고 있다면 어떤 일이 벌어질지 상상하여 써 보세요.**

카오스

천지 창조

세상이 천천히 하늘과 땅으로 나뉘었어요. 그리고 땅에서 스스로 생명을 얻은 대지의 여신 '가이아'가 탄생했답니다.

"아유, 심심해! 땅에 나 혼자 있어선 안 되겠어."

가이아는 땅 이곳저곳에 우뚝우뚝 산을 솟아나게 했어요. 그러자 그 산들이 이어진 산맥에서 산맥의 신 '오레'가 만들어졌지요.

"오, 근사해! 이번엔 다른 걸 만들어 볼까?"

가이아는 땅을 움푹움푹하게 만든 뒤 물로 채워 드넓은 바다를 완성했어요. 여기서 바다의 신 '폰토스'도 만들어졌지요.

얼마 뒤 하늘에서 세상을 가득 채울 듯한 우렁찬 소리가 들렸어요.

"가이아, 땅과 바다가 정말 멋지군요!"

새로 태어난 하늘의 신 '우라노스'의 목소리였어요.

이렇게 하여 밤과 낮, 하늘과 땅 등이 조화를 이룬 천지가 창조되었지요. 이 질서와 조화를 지닌 새로운 시대를 '코스모스'라고 불렀답니다.

※ **대지**: 대자연의 넓고 큰 땅.
※ **산맥**: 산줄기. 산봉우리가 길게 연속되어 있는 지형.

1. 다음 신의 이름을 찾아 줄로 이으세요.

(1) 대지의 여신 •

(2) 산맥의 신 •

(3) 하늘의 신 •

• ㉠ 가이아

• ㉡ 우라노스

• ㉢ 오레

 2. 다음에서 설명하는 '이것'은 무엇인지 이 글에서 찾아 한 글자로 쓰세요.

• 해가 져서 어두워진 때부터 다음 날 해가 떠서 밝아지기 전까지의 동안을 '이것'이라고 한다.
• '이것'에는 햇빛이 없어 그림자가 생기지 않고 어둡다.
• 코스모스는 낮과 '이것', 하늘과 땅 등이 조화를 이룬 시대를 말한다.

(   )

3. 다음은 대지의 여신 가이아가 한 말입니다. 이 말을 보기 처럼 권유하는 문장으로 바꾸어 써 보세요.

보기 • 권유하는 문장: 물을 깨끗이 쓰자.

이번엔 다른 걸 만들어 볼까?

• 권유하는 문장:

01 대지의 여신과 하늘의 신

가이아와 우라노스는 사랑에 빠졌어요. 그리고 아들 여섯과 딸 여섯을 낳았지요. 모두 몸집이 거대한 거인이라 '티탄'이라고 불렀어요. 얼마 뒤 가이아는 눈이 하나뿐인 거인 키클롭스 세 명을 더 낳았어요. 또한 팔이 100개, 머리가 50개 달린 거인 헤카톤케이르 세 명도 낳았지요.

그런데 키클롭스들과 헤카톤케이르들은 매일 싸우기 일쑤였어요.

"어이구, 끔찍하게 생긴 녀석들이 말썽까지 부리네. 정말 보기 싫어!"

우라노스는 키클롭스들과 헤카톤케이르들을 깊고 어두운 지옥에 가두어 버렸어요. 그곳은 '타르타로스'라고 불리는 가이아의 배 속이었지요.

가이아는 화가 머리끝까지 났어요. 그래서 커다란 낫을 만든 뒤 티탄을 불러 모아 회의를 했지요. 티탄 중 막내아들인 크로노스가 말했어요.

"어머니, 제가 아버지께 말씀드려 보겠어요."

그러나 결국 크로노스는 화만 내는 아버지 우라노스에게 낫을 휘두르고 말았어요. 큰 상처를 입은 우라노스는 도망치듯 사라졌지요. 이후 땅과 하늘은 완전히 따로 떨어지게 되었답니다.

 언어

1. 다음 우라노스의 말 속에 담겨 있는 마음은 어느 것인가요? (   )

어이구,
끔찍하게 생긴
녀석들이 말썽까지 부리네.
정말 보기 싫어!

① 고마운 마음
② 미워하는 마음
③ 좋아하는 마음
④ 사랑하는 마음

 과학 탐구

2. 다음에서 설명하는 것은 무엇인가요? (   )

강이나 바다를 제외한 지구의 겉면이며, 흙이나 토양을 말한다.

① 별   ② 땅   ③ 우주   ④ 하늘

논술

3. 땅의 여신 가이아가 낳은 아이들은 생김새가 남달랐습니다. 만약 여러분이 다음과 같은 생김새를 가졌다면 그 점을 어떻게 잘 활용할지 보기 와 같이 써 보세요.

보기 눈이 하나뿐이다.
→ 나쁜 건 보지 않고 좋은 것만 보겠다.

(1) 팔이 100개 달렸다.

→ _____

_____

(2) 머리가 50개 달렸다.

→ _____

_____

17

제우스의 탄생

우라노스를 물리친 크로노스는 최고의 신이 되었어요. 그리고 티탄 가운데 레아를 아내로 맞았지요. 그런데 이상한 일이 생겼어요. 레아가 아기를 낳자마자 크로노스가 삼켜 버리는 것이었어요.

"내가 그랬듯이, 내 아이가 나를 위협할지도 몰라."

다섯 번째 아이까지 빼앗기자, 레아는 가이아를 찾아갔어요.

"여섯 번째 아이를 가졌어요. 어머니, 아이가 살 수 있게 도와주세요!"

얼마 후 레아는 아기를 낳았고, 가이아의 가르침대로 포대기에 아기 대신 큰 돌을 넣었어요. 크로노스는 아무것도 모른 채 돌을 꿀꺽 삼켰지요.

이렇게 태어난 아기의 이름은 '제우스'였어요. 제우스는 안전한 동굴로 옮겨져 요정들의 보살핌을 받으며 무럭무럭 자라나 청년이 되었어요.

"음, 그랬군. 아버지가 삼킨 내 형제와 누이들을 살려 내야겠어."

크로노스의 일을 알게 된 제우스는 아버지의 음식에 토하게 하는 약을 몰래 넣었어요. 이윽고 크로노스는 배 속에 있던 다섯 남매를 토해 냈지요. 제우스를 본 크로노스는 결국 힘없이 지옥 타르타로스에 떨어지고 말았답니다.

※ **포대기**: 어린아이의 작은 이불. 덮고 깔거나 어린아이를 업을 때 씀.

 1. 다음 중 이 글의 내용으로 알맞지 않은 것은 무엇인가요? (   )

① 크로노스는 레아를 아내로 맞았다.

② 레아는 자신이 낳은 아기들을 삼켰다.

③ 크로노스는 레아가 낳은 아기를 삼켰다.

④ 우라노스를 물리친 크로노스는 최고의 신이 되었다.

 2. 이 글의 내용으로 보아, 다음 빈칸에 들어갈 이어 주는 말로 알맞은 것은 무엇인가요? (   )

> 레아는 가이아를 찾아가서 도움을 청했다. _____ 제우스를 무사히 지킬 수 있었다.

① 그래서   ② 그러나   ③ 하지만   ④ 왜냐하면

3. 아이를 삼키는 크로노스에게 레아는 어떤 말을 했을까요? 여러분이 레아의 입장이 되어 크로노스에게 할 말을 써 보세요.

19

02 번개를 손에 쥔 제우스

크로노스의 배 속에서 나온 다섯 남매인 헤스티아, 데메테르, 헤라, 하데스, 포세이돈은 제우스와 힘을 합쳤어요. 티탄들도 제우스의 편에 섰지요.

하지만 모든 티탄이 제우스 편은 아니었어요.

"제우스의 세력이 점점 커지는걸? 흥, 안 되지. 제우스에 맞서야겠어."

이 사실을 알게 된 제우스는 싸움을 준비하기 시작했어요. 그리고 타르타로스에 갇혀 있던 키클롭스들과 헤카톤케이르들을 구해 주었지요.

"우리를 구해 줘서 고맙네. 이 싸움에서 이기도록 무기를 만들어 주겠네."

솜씨가 좋은 키클롭스들은 제우스를 위해 번개를 만들어 주었어요. 그리고 포세이돈에게는 구름과 비, 바람과 파도를 일으키는 삼지창*을 만들어 주었지요. 또한 하데스에게는 머리에 쓰면 모습이 보이지 않는 투구*를 만들어 주었어요.

드디어 치열한 싸움이 시작되었고, 제우스 편이 승리를 했어요. 제우스에게 맞섰던 티탄들은 타르타로스에 갇히게 되었지요, 세상에는 다시 평화가 찾아왔답니다.

※ **삼지창**: 끝이 세 갈래로 갈라진 창.
※ **투구**: 예전에, 군인이 전투할 때에 적의 화살이나 칼날로부터 머리를 보호하기 위하여 쓰던 쇠로 만든 모자.

1. 다음은 이 글의 중심 내용을 정리한 것입니다. 빈칸에 알맞은 이름을 이 글에서 찾아 차례대로 쓰세요.

솜씨가 좋은 키클롭스들은 ＿＿＿＿＿＿＿＿＿＿＿＿＿(을)를 위해 번개를 만들어 주었다.
그리고 ＿＿＿＿＿＿＿＿＿＿＿에게는 구름과 비, 바람과 파도를 일으키는 삼지창을,
＿＿＿＿＿＿＿＿＿＿에게는 머리에 쓰면 모습이 보이지 않는 투구를 만들어 주었다.

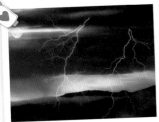 2. 다음에서 설명하는 두 글자로 된 낱말을 이 글에서 찾아 쓰세요.

- 구름과 구름, 구름과 땅 사이에서 생기는 강한 불꽃이다.
- 천둥을 동반한다.
- 제우스가 키클롭스에게서 얻은 것이다.

（　　　　　　　　　）

3. 키클롭스는 제우스에게 번개를 만들어 주었습니다. 여러분이 만약 키클롭스라면 제우스에게 무엇을 만들어 줄지 보기 처럼 써 보세요.

보기 내가 만약 키클롭스라면, 제우스에게 지진을 일으키는 채찍을 만들어 줄 것이다.

 내가 만약 키클롭스라면, ＿＿＿＿＿＿＿＿＿＿＿＿＿＿

＿＿＿＿＿＿＿＿＿＿＿＿＿＿＿＿＿＿＿＿＿

열두 신의 탄생

제우스는 최고신의 자리에 오른 뒤, 그리스에서 가장 높은 올림포스산에 신전을 짓게 하였어요. 그리고 자신의 형제자매와 자식들에게 열두 신의 자리를 주어 세상의 일을 각각 다스리도록 하였지요.

'포세이돈'은 바다의 신이 되어 바다와 강을 다스렸어요. '헤라'는 결혼과 가정을 돌보았고, '데메테르'는 수확의 여신이 되어 땅과 곡식을 돌보았어요.

그리고 제우스의 자식인 '아폴론'은 태양과 음악의 신이 되었고, '아르테미스'는 달과 사냥의 여신이 되었지요. '아테나'는 지혜의 여신이, '아레스'는 전쟁의 신, '아프로디테'는 사랑과 미의 여신, '디오니소스'는 술의 신이 되었어요. 또한 '헤르메스'는 소식을 전하는 전령의 신이 되었고, '헤파이스토스'는 불과 대장간의 신이 되어 세상을 다스렸어요.

열두 신의 자리에 앉지는 않았지만, 화로와 불의 여신인 '헤스티아', 죽음의 세계를 다스리는 저승의 신 '하데스'도 있었어요. 이 모든 신은 자신의 임무를 맡아보며 제우스와 함께 온 세상을 다스렸답니다.

＊ **수확**: 익은 농작물을 거두어들임.
＊ **저승**: 사람이 죽은 뒤에 그 혼이 가서 산다고 하는 세상.

1. 신의 설명과 이름을 알맞게 줄로 이으세요.

(1) 바다의 신 •

(2) 저승의 신 •

(3) 사랑과 미의 여신 •

(4) 수확의 여신 •

• ㉠ 하데스

• ㉡ 아프로디테

• ㉢ 데메테르

• ㉣ 포세이돈

 2. 다음은 올림포스의 열두 신 중 누구를 기리기 위한 신전인지 쓰세요.

• 그리스의 수도 아테네에 있는 거대한 신전 유적이다.
• 그리스 최고의 신 _____ 에게 바쳤던 신전이다.
• 로마 시대에 그리스에서 가장 큰 신전으로 유명했다.

(   )

 **3.** 올림포스의 열두 신 중에서 여러분이 가장 좋아하는 신을 쓰고, 그 이유를 보기 처럼 써 보세요.

보기   나는 아테나가 가장 좋다. 왜냐하면 지혜의 여신이기 때문이다.

23

제우스의 분노, 대홍수

세상이 처음 시작되던 때를 '황금의 시대'라고 불렀어요. 이후 제우스가 세상을 지배하면서부터는 '은의 시대'라고 불렀지요. 그리고 '청동의 시대'를 지나 '철의 시대'에 이르렀어요.

철의 시대가 되자 인간은 욕심에 눈이 멀기 시작했어요. 다 같이 쓰던 땅을 서로 자기 것이라 우겨 댔고, 자신이 가진 것에 만족하지 않고 다른 사람의 것에 욕심을 냈어요. 그리하여 친구와 가족을 속이고 배신하며, 전쟁까지 일으키게 되었지요.

이런 세상을 내려다보던 제우스는 머리끝까지 화가 났어요.

"더는 참을 수가 없구나! 물로 인간 세상을 쓸어버려야겠어!"

제우스는 *남풍의 신인 노토스를 불러 무시무시한 폭우를 내리게 했어요. 그리고 포세이돈에게 강과 바다의 물을 움직이도록 했지요. 포세이돈이 삼지창을 휘두르자 거대한 파도가 집을 휩쓸었고, 땅이 모두 젖어 버렸어요. 제우스가 일으킨 대홍수로 인간 세상은 완전히 사라져 버렸답니다.

* **남풍**: 남쪽에서 불어오는 바람.

1. 다음 ㉠~㉣을 시대 순서대로 나열하세요.

| ㉠ 철의 시대 | ㉡ 은의 시대 | ㉢ 황금의 시대 | ㉣ 청동의 시대 |

( ) → ( ) → ( ) → ( )

2. 다음 중 홍수로 인한 피해에 해당하는 것은 어느 것인가요? ( )

① 모래 먼지 바람으로 사람들에게 불편을 준다.
② 식물과 동물이 먹을 물이 모자라서 어려움을 겪는다.
③ 많은 눈이 내려서 교통사고가 발생하고 사람들이 다친다.
④ 한꺼번에 많은 비가 내려서 둑이 넘치고 집이 물에 잠긴다.

3. 홍수로 인간 세상이 완전히 사라졌습니다. 만약에 세상이 내일 사라진다면 여러분은 오늘 무엇을 하고 싶은지 보기와 같이 써 보세요.

보기 나는 내가 좋아하는 음식을 마음껏 먹고 싶다. 왜냐하면 배고프게 죽고 싶지는 않기 때문이다.

대홍수 뒤에 온 새로운 세상

　세상을 뒤덮은 물 위에 조그만 배가 떠 있었어요. 그 안에는 데우칼리온과 그의 아내 피르하가 타고 있었지요. 두 사람은 신들을 정성스럽게 섬기며 바르고 착하게 살아온 부부였어요. 제우스는 두 사람을 살려 두기로 마음먹고, 거센 비바람을 멈춰 땅이 드러나도록 했지요.

　세상에 둘만 남은 데우칼리온과 피르하는 살아갈 일이 막막했어요.

　"신이시여, 도와주소서! 이 땅을 되살리기에는 저희 힘이 부족합니다."

　두 사람의 간절한 기도에 법과 정의의 여신인 '테미스'가 조용히 답했어요.

　"머리를 가리고, 너희들 어머니의 뼈를 어깨 너머로 던져 보아라!"

　어머니의 뼈를 던지라니! 데우칼리온과 피르하는 당황했지만, 한참 동안 고민하다 산 아래로 내려갔어요. 그리고 옷으로 머리를 가리고 돌을 들어 어깨 너머로 던졌지요. 그러자 놀랍게도 던져진 돌이 사람의 모양으로 변하기 시작했어요. 돌은 대지의 어머니인 가이아의 뼈였던 거예요. 데우칼리온이 던진 돌은 남자가 되고, 피르하가 던진 돌은 여자가 되어 새로운 인간 세상을 이루었답니다.

※ **막막하다**: 갈피를 잡을 수 없게 희미하다.
※ **정의**: 참된 이치에 맞는 올바른 길.

1. 데우칼리온이 던진 돌과 피르하가 던진 돌이 무엇이 되었는지 각각 찾아 (   ) 안에 쓰세요.

(1) 데우칼리온이 던진 돌: (   )　　　　　(2) 피르하가 던진 돌: (   )

 2. 다음 낱말을 보기 처럼 빈칸에 나누어 쓰고, 사전에서 뜻을 찾아 쓰세요.

보기

짜임＼글자	홍	수
첫소리	ㅎ	ㅅ
가운뎃소리	ㅗ	ㅜ
끝소리	ㅇ	

• 사전에서 찾은 뜻: 비가 많이 와서 강이나 개천에 갑자기 크게 불은 물.

짜임＼글자	세	상
첫소리		
가운뎃소리		
끝소리		

• 사전에서 찾은 뜻: ....

....

....

 3. 여러분이 테미스라면 데우칼리온과 피르하의 기도를 들었을 때 어떤 방법으로 새로운 인간 세상을 열게 했을지 보기 와 같이 써 보세요.

보기 흙으로 사람의 모습을 빚게 하여 데우칼리온이 빚은 건 남자가, 피르하가 빚은 건 여자가 되게 했을 것이다.

....

....

물을 다스리는 신들

　바다의 신 '포세이돈'은 물의 신 가운데 가장 높았어요. 포세이돈이 삼지창을 휘두르면 무시무시한 폭풍우와 파도가 일었지요.

　포세이돈에 버금가는 바다의 신으로는 '네레우스'가 있었어요. 네레우스는 돌고래나 물뱀 등으로 모습을 자유롭게 바꿀 수 있었어요. 그리고 미래를 내다보는 예언의 힘도 있었지요. 포세이돈은 네레우스의 딸인 암피트리테를 아내로 맞았어요.

　네레우스처럼 예언의 힘을 가진 신이 또 있었어요. 바로 포세이돈의 아들 '프로테우스'이지요. 프로테우스 또한 바다의 신으로, 원하는 대로 자기 모습을 바꿀 수 있었어요.

　포세이돈에게는 '트리톤'이란 아들도 있었어요. 허리 위는 사람의 모습이고, 허리 아래는 물고기의 모습을 한 바다의 신이었어요. 대홍수가 끝났을 때에는 아버지 포세이돈의 명령에 따라 속이 빈 큰 소라를 불었지요.

　"뿌우! 뿌우! 모든 강의 신들은 원래 살던 곳으로 돌아가세요!"

　이 밖에 여러 신이 각각 바다와 강을 나누어 다스렸답니다.

※ **버금가다**: 으뜸의 바로 아래가 되다.

언어 1. 다음 신에 대한 설명으로 알맞은 것을 찾아 줄로 이으세요.

(1)   트리톤   •

(2)   네레우스   •

• ㉠ 돌고래나 물뱀 등으로 모습을 자유롭게 바꾸는 능력이 있다.

• ㉡ 허리 위는 사람의 모습이고, 허리 아래는 물고기의 모습이다.

1주 3일 학습 끝! 붙임 딱지 붙여요.

과학 탐구 2. 포세이돈이 삼지창을 휘두르면 폭풍우와 파도가 일어났습니다. 이렇게 높은 파도에 대비하여 바닷가에 쌓는 것으로 알맞은 것에 ◯표를 하세요.

(1)

(　　　)

(2)

(　　　)

(3)

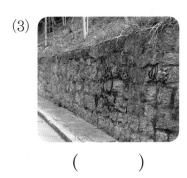

(　　　)

논술 3. 네레우스는 앞일을 내다보는 예언의 힘을 가지고 있었습니다. 만약에 여러분이 네레우스를 만난다면 어떤 것을 묻고 싶은지 한 가지만 써 보세요.

알고 싶은 게 무엇이니?

물에서 탄생한 아프로디테

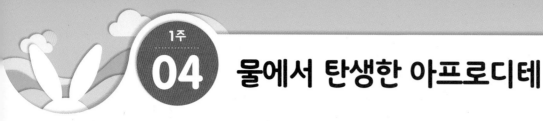

　천지가 창조될 때 하늘의 신이었던 우라노스를 기억하나요? 우라노스는 아들 크로노스의 낫에 베여 상처를 입고 피를 흘렸어요. 그때 흘린 피는 땅과 바다에 떨어졌지요. 바다에 떨어진 피는 거품이 되어 오랜 세월 동안 바닷물 위를 떠다녔답니다.

　그러던 어느 날, 바닷물 위의 거품이 더욱 하얗게 일어났어요. 그리고 잠시 뒤 거품에서 아름다운 여신이 탄생했지요. 바다의 신은 커다란 조개껍데기를 보내 여신이 올라타도록 했어요. 이 모습을 서풍의 신 제피로스가 보았지요.

　"여신을 땅으로 모셔야겠군. 후, 후! 바람아, 불어라!"

　제피로스가 일으킨 바람은 여신이 탄 조개껍데기를 땅으로 밀었어요. 이 모습을 땅에 있던 탈로가 보고 있었지요. 탈로는 계절의 여신들 가운데 한 명이었어요. 여신이 땅에 도착하자 탈로가 옷을 입히며 말했어요.

　"당신의 이름은 '아프로디테'입니다. 거품에서 태어난 여신이란 뜻이지요."

　이렇게 하여 사랑과 미의 여신인 아프로디테가 탄생했답니다.

＊ **서풍**: 서쪽에서 불어오는 바람.

🐰 언어 **1. 다음 (　　) 안의 낱말 가운데 문장에 알맞은 것에 ○표 하세요.**

(1) 우라노스는 크로노스의 (낫, 낮)에 베여 상처를 입었다.

(2) 바닷물 위의 거품이 더욱 하얗게 (일어났다, 깨어났다).

🐰 언어 **2. 다음 그림은 보티첼리의 '비너스의 탄생'입니다. 비너스는 아프로디테를 가리키지요. 글의 내용으로 볼 때 다음 세 인물은 각각 누구인지 보기 에서 찾아 쓰세요.**

보기　　탈로　　　제피로스　　　아프로디테

(1) (　　　　　　　　)　　(2) (　　　　　　　　)　　(3) (　　　　　　　　)

🐰 논술 **3. 아프로디테는 거품에서 태어난 아름다움의 여신입니다. 아름다움이 왜 거품에서 비롯되었을지 보기 와 같이 여러분의 생각을 써 보세요.**

보기　거품이 하얗게 일어나는 것처럼 아름다움은 깨끗한 마음에서 나오기 때문이다.

04 바람을 다스리는 신들

대지의 여신인 가이아의 자손 가운데에는 바람의 신이 여럿 있었어요. 먼저 '아이올로스'는 커다란 자루에 바람을 담아 둘 수 있는 바람의 신이지요.

'노토스'는 남풍의 신이며, 비를 몰고 다녔어요. 늘 젖어 있는 머리와 옷에서는 물이 후드득 떨어졌지요. 제우스가 대홍수를 일으킬 때 폭포 같은 비를 내린 주인공이랍니다.

'보레아스'는 노토스와 반대로 비구름을 몰아내는 북풍*의 신이지요. 대홍수 때 제우스에게 붙들려 있다가 풀려나 제우스의 부름을 받았어요.

"보레아스, 대홍수가 끝났으니 비바람을 쫓아내라!"

보레아스가 일으킨 바람 덕분에 하늘을 시커멓게 덮었던 비구름이 물러났어요. 이때 안개를 걷어 냈던 바람은 '에우로스'가 불게 한 바람이에요. 에우로스는 동풍*의 신이거든요.

서풍의 신 '제피로스'는 살랑살랑 부드러운 바람을 불게 할 수 있지요. 꽃과 봄의 여신과 친하게 지냈으며, 아프로디테 여신이 탄생할 때도 도왔답니다.

* **북풍**: 북쪽에서 불어오는 바람.　　* **동풍**: 동쪽에서 불어오는 바람.

1. 다음 빈칸에 알맞은 흉내 내는 말을 보기 에서 찾아 각각 쓰세요.

보기   살랑살랑, 후드득, 생글생글, 아장아장, 폴짝폴짝, 두근두근

(1) 부드러운 바람이 _____ 불었다.
(2) 나뭇가지에서 빗방울이 _____ 떨어졌다.

2. 아이올로스가 다스리는 것으로, 우리 생활에 다음과 같은 영향을 주는 '이것'은 무엇인가요? (   )

- '이것'이 심하면 파도가 크게 일어서 고기잡이를 할 수 없다.
- '이것'을 이용하여 연을 날린다.
- '이것'의 힘으로 풍력 발전기를 돌려 전기를 얻는다.

▲ 풍력 발전기

① 비   ② 눈   ③ 바람   ④ 햇볕

3. 다음 신들 중 한 명을 골라서 신이 자기 자랑을 한다면 어떻게 말할지 생각하여 보기 처럼 써 보세요.

- 노토스: 비를 몰고 다니는 남풍의 신
- 보레아스: 비구름을 몰아내는 북풍의 신
- 에우로스: 안개를 걷어 내는 동풍의 신
- 제피로스: 부드러운 바람을 불게 하는 서풍의 신

보기 아무리 아름다운 것도 안개가 있으면 잘 안 보여. 그러니까 안개를 걷어 내는 나, 에우로스가 최고야.

_____
_____

데메테르의 슬픔과 사계절

햇볕이 따스한 어느 날, 저승의 신 하데스가 땅 위로 나왔다가 아름다운 여인을 보았어요. 하데스는 곧 사랑에 빠졌고, 꽃밭을 걷고 있는 여인을 붙잡아 저승으로 눈 깜짝할 사이에 데리고 갔지요. 하데스에게 붙잡혀 간 여인은 데메테르 여신의 딸 '페르세포네'였어요.

땅과 곡식을 돌보는 데메테르는 이 사실을 알고 슬픔에 빠졌어요. 그러자 땅은 메마르고 곡식은 시들어 갔지요. 데메테르는 제우스에게 달려갔어요.

"페르세포네가 하데스에게 잡혀갔어요. 제발 구해 주세요!"

제우스는 곧 저승에서 페르세포네를 데려오도록 했어요. 하지만 곧 페르세포네가 저승에서 석류를 먹었다는 것을 알게 되었지요.

"저승에서 무엇이든 먹으면 저승에서 살아야 한다. 페르세포네는 저승에서 석류를 먹었으니, 일 년 중 여섯 달은 저승에서 살아야 한다."

제우스의 말에 데메테르는 가슴이 아팠어요. 하지만 어쩔 수 없었지요. 그 뒤 데메테르가 딸과 만나는 여섯 달은 따뜻하고 풍요로운 봄과 여름이 되었어요. 그리고 딸과 헤어지는 여섯 달은 메마르고 추운 가을과 겨울이 되었답니다.

언어

1. 이 글에 나온 페르세포네에 대해 바르게 설명하지 <u>못한</u> 친구는 누구인가요?

( )

①
아름다운 여인이야.

②
저승에서 석류를 먹었어.

③
하데스와 사랑에 빠져 저승에서 살게 되었어.

④
땅과 곡식을 돌보는 여신인 데메테르의 딸이지.

1주 4일 학습 끝!

붙임 딱지 붙여요.

 과학 탐구

2. 데메테르가 페르세포네를 만나는 여섯 달 동안의 모습으로 알맞은 것에 모두 ○표 하세요.

(1)
( )

(2)
( )

(3)
( )

(4)
( )

 논술

3. 만약에 여러분이 페르세포네처럼 이승에서 여섯 달, 저승에서 여섯 달을 산다면 주로 무엇을 하며 지낼지 보기 와 같이 써 보세요.

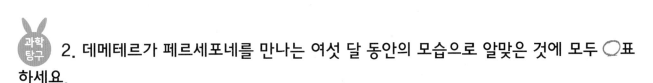

보기
(1) 이승에서의 여섯 달: 부모님과 여행을 많이 다닐 것이다.
(2) 저승에서의 여섯 달: 이승에 있는 사람들을 생각하며 편지를 쓸 것이다.

(1) 이승에서의 여섯 달: ....

(2) 저승에서의 여섯 달: ....

35

Ⅰ 다음에서 설명하는 '나'는 어떤 신인지 그 이름을 보기 에서 찾아 쓰세요.

보기 크로노스, 가이아, 포세이돈, 에레보스, 제우스, 아프로디테, 트리톤, 데메테르

(1)
나는 어둠의 신입니다. 어둠의 여신 '닉스'와 사랑에 빠져 '헤메라'와 '아이테르', '에로스'를 낳았어요.

( )

(2)
나는 스스로 생명을 얻은 대지의 여신입니다. 산과 바다를 만들었으며, 하늘의 신 우라노스를 사랑했어요.

( )

(3)
나는 가이아가 낳은 티탄의 막내아들이에요. 내 형제들을 가둔 아버지 우라노스에게 낫을 휘두르고 말았답니다.

( )

(4)
나는 아버지 크로노스에게 약을 먹여 배 속에 있던 형제와 누이들을 토해 내게 했어요.

( )

(5)
나는 제우스의 형제예요. 바다의 신이 되어 온 세상의 바다와 강을 다스렸지요. 삼지창을 가지고 있어요.

( )

(6)
나는 포세이돈의 아들이에요. 허리 위는 사람의 모습이고, 허리 아래는 물고기의 모습을 한 바다의 신이지요.

( )

(7)
나는 사랑과 미의 여신이에요. 우라노스의 피가 바닷물에 떨어져 생겨난 거품에서 태어났어요.

( )

(8)
나는 수확의 여신이에요. 내가 딸 페르세포네를 만나는 동안은 대지가 풍요롭지요.

( )

2 세상의 시작인 카오스에서 올림포스의 열두 신이 탄생하기까지의 일을 순서대로 정리하려고 합니다. 일이 일어난 순서에 맞게 빈칸에 번호를 쓰세요.

1 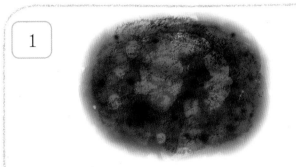① 이 세상의 처음은 질서 없는 어둠뿐인 카오스였어요.	☐ ② 대지의 여신 가이아가 탄생했어요.
☐ ③ 밝은 낮과 어두운 밤이 생겨났어요.	☐ ④ 크로노스가 우라노스를 물리쳤어요.
☐ ⑤ 하늘의 신 우라노스가 탄생했어요.	☐ ⑥ 레아의 도움으로 제우스가 살았어요.
☐ ⑦ 제우스가 크로노스를 몰아내고 티탄과 싸워 이겨 최고의 신이 되었어요.	☐ ⑧ 올림포스의 열두 신이 세상을 다스렸어요.

궁금해요

그리스와 로마의 신

사랑을 하고 미워하고 자식을 낳는 모습이 사람과 닮은 그리스와 로마의 신들. 그들의 이야기를 좀 더 살펴볼까요?

그리스의 영향을 받은 로마 신화

그리스는 유럽 동남부의 남쪽 끝에 있는 나라입니다. 이곳의 '그리스 신화'는 말 그대로 고대 그리스 민족이 만들어 낸 신화와 전설을 말합니다. 그리스 신화는 그리스 문화의 기둥이 되었을 뿐만 아니라 유럽 여러 나라의 그림과 조각, 문학 등 문화의 밑바탕이 되었지요.

한편 그리스의 서쪽에 로마가 있었습니다. 고대 로마인들은 그리스를 지배하기도 했지요. 이때 로마인들은 그리스의 물건들뿐만 아니라 이야기도 로마로 가져갔습니다.

그리스 이름	로마 이름	영어 이름
제우스	유피테르	주피터
헤라	유노	주노
포세이돈	넵투누스	넵튠
데메테르	케레스	세레스
아테나	미네르바	미네르바
아프로디테	베누스	비너스
아레스	마르스	마스
아폴론	아폴로	아폴로
아르테미스	디아나	다이애나
헤파이스토스	불카누스	벌컨
헤르메스	메르쿠리우스	머큐리
디오니소스	바쿠스	바커스

▲ 올림포스의 열두 신

이렇게 로마인들이 그리스에서 가져온 그리스 신화를 바탕으로 로마의 신과 영웅 등에 관한 이야기를 구성한 것이 바로 '로마 신화'입니다. 그래서 로마 신화와 그리스 신화를 비교해 보면 비슷한 이름을 가진 신들을 볼 수 있습니다.

오늘날 우리가 읽는 '그리스 로마 신화'는 미국의 작가 토머스 불핀치가 그리스와 로마의 신화에 자신의 상상력을 더하여 새롭게 쓴 것입니다.

▲ 바다의 신 포세이돈 조각상

신화와 신전

'그리스 로마 신화'에 나오는 신들을 살펴보면, 사람과 비슷한 점이 아주 많습니다. 신들 또한 사람이 가지는 마음을 드러낼 때가 많거든요.

고대 그리스와 로마에 살았던 사람들은 이처럼 신들을 사람과 비슷하게 여기며 믿었습니다. 또한 친숙하게 여겨서 중요한 일이 있거나 이루고 싶은 일이 있을 때마다 신전에 가서 신에게 묻고 답을 구했지요. 이런 일을 '신탁'이라고 부릅니다.

▲ 이탈리아 로마의 판테온

고대 사람들이 신탁을 구하고 소원을 빌었던 신전들 가운데 몇몇은 오늘날에도 남아 있지요. 그중 대표적인 것으로 '판테온'이 있습니다. 2세기에 건립된 판테온은 이탈리아 로마에 있는 신전으로, '가장 신성한 여러 신의 신전' 또는 '모든 신의 신전'이라는 의미를 담고 있습니다. 판테온은 벽에 창이 없고 지붕이 원형을 이루고 있다는 것이 특징이지요. 또한 로마의 모든 신들에게 바치는 신전인 만큼 규모가 어마어마하답니다.

▲ 판테온 내부를 그린 그림

✏️ '그리스 로마 신화'에 나오는 열두 신과 사람의 비슷한 점을 생각나는 대로 모두 써 보세요.

내가 할래요

제우스가 되어 보자

만약 여러분이 올림포스산의 최고신인 제우스라면 인간을 어떻게 만들고 다스려서 어떤 세상을 만들고 싶은지 보기 와 같이 써 보세요.

보기

나무로 남자를, 열매로 여자를 만들 것이다.

착한 일을 한 만큼 상을 내릴 것이다.

나무로 남자를 만들고 열매로 여자를 만들어서 인간이 자신들의 조상인 자연을 사랑하게 만들 것이다. 그리고 착한 일을 백 번 넘게 해야 아이를 낳을 수 있게 하여 아이가 착한 삶의 씨앗이 되게 할 것이다. 또 착한 일을 한 만큼 상을 줘서 착한 사람이 잘 사는 세상을 만들 것이다.

1주
학습 끝!

확인할 내용	잘함	보통임	부족함
1. 이번 주 학습을 5일(월요일~금요일) 안에 끝마쳤나요?			
2. 그리스와 로마의 신들에 대해 잘 알았나요?			
3. 신들의 특징과 역할을 말할 수 있나요?			
4. 신화 속에 나타난 세계를 상상할 수 있나요?			

1주 5일
학습 끝!

붙임 딱지 붙여요.

전하는 말

2주

북극 소년 피터

생각톡톡 북극은 겨울이 길고 추워서 우리와 살아가는 모습이 다릅니다. 북극에 사는 사람들의 생활이 우리와 어떻게 다를지 상상하여 한 가지만 써 보세요.

관련교과　[사회 3-2] 환경에 따른 생활 모습의 다양성 탐구하기
　　　　　[과학 3-2] 동물이 사는 다양한 환경 알기

컹컹컹! 썰매 개들이 신이 나서 짖는 소리에 피터는 눈을 번쩍 떴어요.

'아, 오늘이었지! 사냥 가는 날!'

피터는 서둘러 옷을 입고 밖으로 나갔지요.

피터는 북극에 찾아온 봄이 정말 좋았어요. 겨울에는 온종일 밤만 계속되지만 봄에는 낮과 밤이 반복되거든요. 아버지와 마을 어른들은 썰매에 개들을 묶으며 사냥 떠날 준비를 하셨어요. 피터는 아직 어려서 사냥에 따라가진 못하지만, 썰매를 타고 얼음 위를 달릴 생각을 하니 가슴이 콩콩 뛰었지요.

올해 열 살이 된 피터는 이누이트 소년이에요. 이누이트는 '인간'이란 뜻으로, 북극해 연안에 사는 원주민들을 말해요.

"피터, 아버지 모시고 들어오렴. 아침 먹어야지!"

피터의 집도 여느 이누이트 집처럼, 아버지는 사냥으로 생계를 꾸리고 어머니는 요리와 바느질 등 집안일을 하지요. 추위에 볼이 꽁꽁 언 피터는 아버지의 손을 잡고 집으로 향했답니다.

※ **북극해 연안**: 북극을 중심으로 북아메리카, 유라시아 대륙에 둘러싸인 바다인 북극해를 따라 잇닿아 있는 육지.

※ **원주민**: 그 지역에 본디부터 살고 있는 사람들.

사회탐구 1. 피터가 사는 북극 지역에 있는 북극해는 어디인지 기호를 쓰세요.

( )

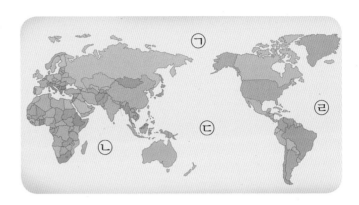

과학탐구 2. 피터가 사는 북극은 겨울에 온종일 밤만 계속된다고 했습니다. 그 이유를 설명한 다음 내용을 읽고, ㉠과 ㉡ 중 북극이 겨울일 때를 고르세요.

지구는 약간 기울어진 채로 하루에 한 번씩 도는 자전을 한다. 이 때문에 햇빛을 받는 곳은 낮, 햇빛을 받지 못하는 곳은 밤이 된다. 또 지구는 기울어진 채로 태양 주위를 약 1년에 걸쳐서 한 바퀴씩 돈다. 그래서 지구를 비추는 햇빛의 양이 달라져 계절이 생긴다.

북극에 겨울이 오면 오랫동안 밤이 계속되는데, 이것은 지구가 기울어진 채로 돌아서 북극에 햇빛이 미치지 못하기 때문이다.

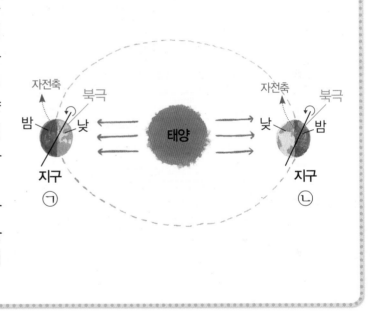

( )

논술 3. 보기 의 모든 낱말을 알맞게 연결하여 피터에 대한 설명을 완성해 보세요. 기본형을 바꾸거나 조사를 덧붙여도 좋아요.

보기 이누이트 타다 씽씽 얼음 소년 달리다 썰매 위

피터는 _____ 이다. 올해 열 살이 되었고, _____

_____ 싶어 한다.

피터 아버지는 식사를 마치고 서둘러 출발했어요. 썰매 개들은 겨울이 지나기를 기다렸다는 듯이 힘차게 달렸지요. 마을 어른들의 얼굴에도 미소가 번졌어요. 햇살이 보이는 봄은 사람과 썰매 개 모두에게 기쁨을 줘요. 쌓인 눈이 녹아서 땅이 매끄러운 얼음으로 변해야 썰매 개들이 썰매를 신나게 끌 수 있고, 어른들은 사냥을 할 수 있거든요.

"바다코끼리다! 저기 바다코끼리가 있어!"

몸의 길이가 어른 키보다도 훨씬 긴 거대한 바다코끼리 한 마리가 얼음 위에 앉아 있었어요. 무리에서 빠져나온 듯 보였지요. 갑자기 마을 어른들의 손에서 휙휙 작살이 날아갔어요. 작살을 피해 물속으로 들어간 바다코끼리는 여간 빠른 게 아니었지요. 하지만 마을 어른들 또한 재빨랐어요. 결국 바다코끼리는 숨을 쉬기 위해 물 밖으로 나오다가 피터 아버지의 작살에 잡혔어요.

잡은 고기는 모두 똑같이 나누는데, 썰매 개에게도 줘요.

"고생 많았다. 어서 먹으렴."

썰매 개는 이누이트의 전통적인 이동 수단인 썰매를 끌 때 꼭 필요한 존재이자 이누이트의 오랜 친구랍니다.

작살: 물고기 등을 찔러 잡는 기구. 작대기 끝에 뾰족한 쇠를 박아 만듦.

1. 이 글에 나온 내용입니다. 원인과 결과에 맞게 줄로 이으세요.

(1)
썰매 개들이 힘차게 달린다. •

• ㉠ 썰매 개들이 썰매를 잘 끌 수 있다.

(2)
쌓인 눈이 녹아서 땅이 매끄러운 얼음으로 변했다. •

• ㉡ 마을 어른들이 흐뭇해한다.

2. 다음에서 설명하는 북극의 동물을 이 글에서 찾아 쓰세요.

• 송곳니가 길어 코끼리와 비슷하게 생겼고, 지느러미 모양의 네 다리가 있다.
• 수영을 잘한다.
• 몸집이 거대하며 여러 마리가 무리를 지어 생활한다.

(   )

3. 썰매 개는 이누이트의 오랜 친구입니다. 사냥을 마친 썰매 개에게 고마운 마음을 담아 보기 처럼 써 보세요.

보기 "고생 많았다. 많이 먹고 더 힘차게 달려 주렴."

마을 어른들은 이틀 동안 바다코끼리 세 마리를 잡았어요.

"작년엔 일각돌고래를 한 마리 잡았는데, 올해는 안 보이네."

마을 어른들은 작년에 잡았던 일각돌고래가 눈에 선한지 아쉬운 얼굴이었어요. 일각돌고래는 앞 이빨 하나가 길고 곧게 뻗어 있어서 '바다의 유니콘'이라고 불려요. 이렇게 긴 이빨은 수컷에게서만 볼 수 있는데 2미터 넘게 자라기도 하지요.

앞서 달리던 썰매가 옆으로 비껴 달리자 뒤따르던 썰매들도 옆으로 방향을 바꿨어요. 거대한 크레바스 때문이지요. 크레바스는 빙하가 움직일 때 갈라져 생긴 깊은 틈을 말하는데, 깊이가 40미터에 이르기도 해요. 휴! 제때 피할 수 있어서 정말 다행이에요. 자칫 잘못하면 갈라진 빙하 틈에 빠져서 목숨을 잃기도 하거든요.

"해마다 얼음이 점점 빨리 녹고 있어서 큰일이야. 이번에도 일찍 돌아가야겠군."

피터 아버지는 어두운 얼굴로 얼음 위를 둘러봤어요. 얼음이 녹으면 썰매가 잘 달리지 못해 사람과 썰매 개가 모두 고생을 한답니다. 썰매 개들도 이 사실을 아는 듯 사냥감을 찾아 더욱 열심히 달리기 시작했어요.

※ 유니콘: 인도와 유럽의 전설상의 동물. 모양과 크기는 말과 같고 이마에 뿔이 하나 있다고 함.

언어 1. 다음 밑줄 친 '선하다'와 같은 뜻으로 쓰인 것은 무엇인가요? (   )

> 마을 어른들은 작년에 잡았던 일각돌고래가 눈에 <u>선한지</u> 아쉬운 얼굴이었어요.

① 동생은 착하고 <u>선해</u> 보인다.   ② <u>선한</u> 일을 해서 칭찬을 받았다.

③ 할아버지는 평생 <u>선하게</u> 사셨다.   ④ 엄마가 보고 싶어서 눈에 <u>선하다.</u>

2주 1일
학습 끝!

붙임 딱지 붙여요.

 과학 탐구 2. 다음에서 설명하는 북극의 동물을 이 글에서 찾아 쓰세요.

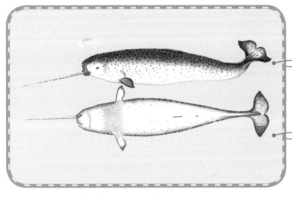

- 고래 종류인 이 동물은 몸의 길이가 5미터 정도로 길다.
- 수컷은 위턱의 앞 이빨 하나가 2미터 정도 앞으로 뻗어 있다.
- 등지느러미가 없고 머리의 등 쪽에 얼룩덜룩한 무늬가 많다.

(   )

 논술 3. 피터 아버지와 마을 어른들은 얼음이 빨리 녹고 있어서 사냥을 일찍 마치려고 합니다. 얼음이 녹으면 어떤 일이 생기는지 이 글에서 찾아 문장을 완성해 보세요.

▲ 북극 빙하(얼음)

얼음이 녹으면 _____

_____

_____ 하기 때문에 피터 아버지와

마을 어른들은 사냥을 일찍 마치려고 한다.

"엄마, 예쁜 꽃이 피었어요! 여기요, 여기!"

피터는 꽃처럼 활짝 웃으며 주위를 둘러봤어요. 여름을 맞은 북극의 툰드라 지역이 파릇파릇한 풀들과 알록달록한 꽃으로 가득했어요.

피터가 있는 북극에도 꽃이 피냐고요? 북극도 7~8월 무렵이 여름이라서 이때 꽃이 피어요. 북극은 여름이 되어도 춥지만, 평균 기온이 영하인 북극에서는 이 시기가 가장 따뜻하답니다.

북극은 거대한 북극해와 그 주변의 땅을 말해요. 그중에서 툰드라 지역은 늘 꽁꽁 얼어 있는 북극의 다른 땅과는 달리 봄이 되면 이끼나 키가 작은 풀들로 뒤덮여요. 피터가 사는 그린란드는 북극의 툰드라 지역이지요.

뛰어놀기 바쁜 피터를 보던 엄마가 웃으며 외쳤어요.

"피터, 이리 와서 감자 캐는 일 좀 도와줄래?"

피터는 정신없이 놀다가 미안했는지 얼굴을 붉히며 대답했지요.

"그렇잖아도 도와드리려고 했어요, 헤헤. 금방 갈게요!"

감자 먹을 생각을 하니 피터의 입에 침이 고였어요. 4월에 심어 8월 무렵에 캐는 북극의 감자는 단단하고 정말 맛있거든요.

※ 툰드라: 북극해 연안에 분포하는 넓은 벌판. 일 년 내내 눈과 얼음으로 덮여 있으나 짧은 여름에 이끼류를 비롯한 키가 작은 식물들이 자람.
※ 그린란드: 대서양과 북극해 사이에 있는 세계에서 가장 큰 섬.

언어 **1. 피터는 꽃을 보고 꽃처럼 활짝 웃었습니다. 다음 빈칸에 어울리지 <u>않는</u> 말은 무엇인가요? (   )**

피터는 _____ 처럼 활짝 웃으며 주위를 둘러봤어요.

① 햇살　　　　　② 태양　　　　　③ 먹구름　　　　　④ 맑은 하늘

 과학 탐구 **2. 피터가 사는 북극에 대한 설명으로 맞으면 ◯표를, 틀리면 ✕표를 하세요.**

▲ 북극

▲ 북극의 여름

▲ 북극에서 피는 꽃

(1) 북극은 한여름에 섭씨 30도를 넘어서 덥다. (　　　　　)

(2) 북극은 거대한 북극해와 그 주변의 땅을 말한다. (　　　　　)

(3) 피터가 사는 그린란드는 북극의 툰드라 지역이다. (　　　　　)

(4) 툰드라 지역은 여름이 되면 키가 작은 풀이 자란다. (　　　　　)

 논술 **3. 엄마가 감자 캐는 일을 도와달라고 하자 피터가 왜 미안했는지 써 보세요.**

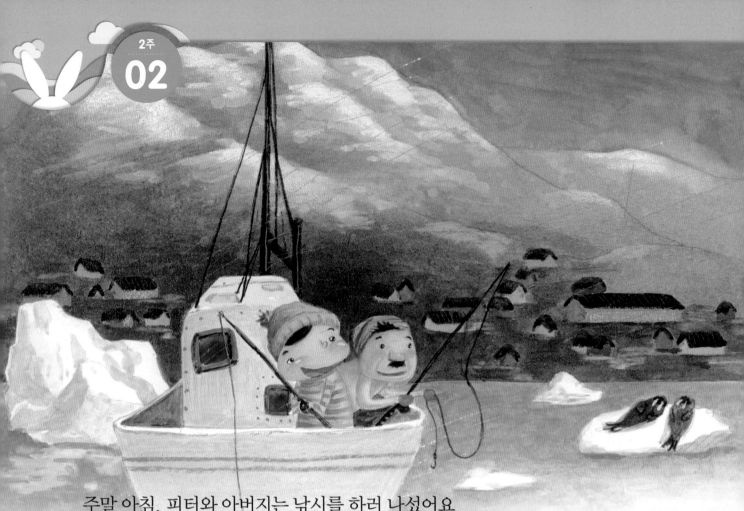

주말 아침, 피터와 아버지는 낚시를 하러 나섰어요.

"오늘은 물고기가 많이 잡힐 것 같아요!"

신이 난 피터의 말에 아버지도 싱긋 웃었어요.

잠시 뒤 피터와 아버지는 마을에서 조금 떨어진 곳에 낚싯대를 담갔어요.

"예전에 이맘때면 썰매를 몰고 사냥을 다녔는데……."

피터는 아버지의 말에 고개를 끄덕였어요. 할아버지께서도 그렇게 말씀하셨거든
요. 10년 전에는 여름에도 물고기 낚시가 아닌 바다코끼리나 바다표범을 잡으러 사
냥을 다녔다고요. 하지만 이젠 여름이 되면 꽁꽁 언 얼음 벌판이 사라져 썰매로 사
냥을 다닐 수 없다고 말씀하셨지요.

"피터야, 저 산의 만년설이 녹을 정도니 여기 북극이 정말 더워졌나 보다."

따뜻해지는 날씨로 변화를 겪는 건 동물들도 마찬가지라고 해요. 빙산이 점점 줄
어들어서 물 밖으로 나와 숨을 쉬어야 하는 바다코끼리의 쉴 곳이 사라져 간다고 하
니까요. 피터는 낚시를 하면서 훌륭한 과학자가 되어 북극이 더워지는 것을 막아
내는 상상을 했어요.

※ **바다표범**: 몸의 길이는 1.5~2미터이고 물개와 비슷한 동물. 잿빛 바탕에 작고 검은 점이 있음.

※ **만년설**: 일 년 내내 쌓여 있는 눈.

1. 이 글의 내용에 맞으면 ◯표를, 틀리면 ✕표를 하세요.

(1) 피터와 아버지는 낚시를 나섰다. (   )

(2) 할아버지와 아버지는 예전에 등산을 떠났다. (   )

(3) 빙산이 줄어들어 바다코끼리가 쉴 곳이 줄어들었다. (   )

(4) 10년 전 여름에는 바다코끼리나 바다표범을 사냥했다. (   )

2. 다음은 북극에서 일어나는 현상을 설명하고 있습니다. 빈칸에 들어갈 알맞은 말은 무엇인가요? (   )

 북극의 만년설이 녹고, 바다코끼리가 쉴 빙산이 녹아 사라지고 있다. 이것은 북극이 점점 _____ 때문이다.

① 커지기   ② 추워지기   ③ 작아지기   ④ 더워지기

3. 다음 보기 는 피터가 과학자가 되어 하고 싶은 것입니다. 여러분이 과학자가 된다면 무엇을 하고 싶은지 써 보세요.

 보기 내가 훌륭한 과학자가 된다면, 거대한 우산을 만들어 북극이 더워지는 것을 막아 내고 싶다.

내가 훌륭한 과학자가 된다면,

대낮처럼 환한 저녁, 피터는 잡아 온 물고기로 가족과 함께 저녁 식사를 했어요. 어머니가 돌로 된 화덕에 익혀 주신 물고기는 정말 맛있었어요.

북극에 사는 사람들은 고기를 익혀서 먹기도 하지만, 오랜 세월 동안 날로 먹기도 했어요. 채소를 구하기 어려운 북극 사람들이 비타민을 섭취하기 위해서였지요. 날고기에는 비타민이 들어 있거든요.

"피터, 그만 놀고 어서 자렴."

어머니는 커튼으로 햇빛을 가리며 피터에게 말했어요. 피터는 밖이 환해서 자야 할 시간이 되었는지도 몰랐지요. 이렇게 해가 지지 않아 밝은 밤을 '백야'라고 해요.

백야는 우리가 사는 지구가 비스듬히 기울어진 채로 돌기 때문에 나타나는 현상이랍니다. 지구는 북극과 남극을 연결한 자전축을 중심으로 하루에 한 번 돌아요. 이때 낮과 밤이 나타나지요. 피터가 사는 북극은 여름에 햇빛을 계속 받는 곳이라서 백야가 나타나요.

* 화덕: 쇠붙이나 흙으로 아궁이처럼 만들어 솥을 걸고 쓰게 만든 물건.
* 비타민: 동물의 몸에 주된 영양소는 아니지만, 동물의 정상적인 발육과 생리 작용을 유지하는 데 없어서는 안 되는 물질.

1. 이 글로 보아 북극 사람들의 식생활과 <u>다른</u> 것은 무엇인가요? (　　　　)

① 물고기를 잡아서 익혀 먹기도 한다.

② 비타민을 섭취하기 위해 날고기를 먹게 되었다.

③ 채소를 구하기 어렵기 때문에 날고기를 먹게 되었다.

④ 북극에는 채소가 많이 있어서 날고기를 먹을 필요가 없었다.

2주 2일
학습 끝!

붙임 딱지 붙여요.

 2. 북극은 여름에 낮이 계속됩니다. 다음 그림과 설명은 어떤 현상을 나타내는 것인지 이 글에서 찾아 쓰세요.

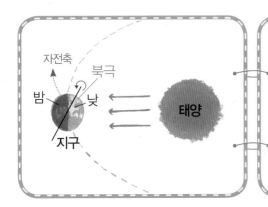

　　북극에 여름이 오면 온종일 해가 지지 않아 밝은 밤이 계속된다. 이런 현상은 지구가 기울어진 채로 돌기 때문에, 여름이 되면 태양 빛이 북극을 계속 비춰서 일어나는 것이다. 즉, 지구가 계속 자전을 해도 태양 빛이 북극을 계속 비추기 때문에 어두운 밤이 생기지 않는다.

(　　　　　　　)

 3. 북극처럼 해가 온종일 지지 않으면 어떤 점이 좋고, 어떤 점이 나쁠지 　보기　처럼 써 보세요.

　보기　• 좋은 점: 밤에도 신나게 자전거를 탈 수 있다.

　　　　• 나쁜 점: 잠을 자야 할 시간을 잊어버리는 경우가 많다.

(1) 좋은 점: _____

(2) 나쁜 점: _____

여름이 지나고 낮과 밤이 함께 나타나는 가을이 되었어요. 며칠 전 순록 사냥을 나섰던 마을 어른들이 돌아오셨지요. 피터는 어른들 사이에서 아버지를 찾았어요.

"피터, 여기다, 여기! 순록을 잡았단다."

손을 흔드는 아버지를 향해 피터가 달려갔어요.

"와, 순록이다! 참, 북극 늑대도 보셨어요?"

"그럼, 봤지. 보통 때처럼 대여섯 마리씩 모여 다니면서 순록이랑 토끼를 사냥하더구나. 북극여우도 봤는걸."

"와, 북극여우도요?"

"예쁜 회갈색 털의 북극여우였어. 이제 겨울이 되면 하얀 털로 바뀌겠지. 바위틈에 먹이를 숨겨 두고 있었어. 한겨울에 찾아 먹으려고 말이야."

피터가 눈을 빛내며 이야기를 듣는 사이, 마을에 잔치가 벌어졌어요. 마을 사람들이 모두 모였지요. 커다란 솥에 물을 끓여 잡아 온 순록 고기를 삶았어요. 그리고 모두 함께 맛있게 나누어 먹었답니다.

＊ **순록**: 북극 지방에 사는 사슴 종류로, 여러 갈래의 큰 뿔이 있음.

언어 **1. 이 글의 내용이 <u>아닌</u> 것은 무엇인가요? (   )**

① 마을에 잔치가 벌어졌다.

② 피터의 아버지는 북극여우를 잡아 오셨다.

③ 마을 사람들은 순록 고기를 나누어 먹었다.

④ 마을 어른들과 피터의 아버지는 순록 사냥을 마치고 돌아왔다.

 과학 탐구 **2. 다음에서 설명하는 북극의 동물은 무엇인지 이 글에서 찾아 쓰세요.**

> 몸의 길이는 50~60센티미터이고 귀와 다리가 짧은 편이다. 여름에는 털이 회갈색이거나 갈색이었다가 겨울이 되면 흰색으로 바뀐다. 추운 겨울을 대비해 바위틈이나 구멍에 먹이를 숨겨 놓는다.

(   )

논술 **3. 다음은 피터의 아버지가 순록 사냥을 하면서 본 동물들입니다. 이 동물들의 이름을 넣어서 피터의 아버지가 본 동물들의 모습을 한 문장으로 정리하여 써 보세요.**

보기

북극 늑대   북극여우   순록   토끼

순록 사냥을 나갔던 피터의 아버지는 _____

북극의 가을은 짧아요. 한겨울이 10월 말부터 시작되거든요. 그래서 이 시기에는 겨울을 맞이할 준비를 부지런히 해야 해요.

피터는 어머니 옆에 앉았어요. 어머니는 순록 가죽으로 아버지의 겨울옷을 짓고* 계셨지요.

"피터, 네 옷도 지어 줄 테니 좀 기다리렴. 그나저나 순록은 거의 모든 것을 우리에게 주고 가는구나. 고기, 젖, 가죽, 뿔 등을 말이다."

그리고 보니 순록은 버릴 게 거의 없어요. 고기는 맛있게 요리해서 먹고, 젖은 짜서 마시고, 가죽으로는 옷, 신발, 천막 등을 만들어요. 또 뿔로는 여러 가지 도구나 장신구 등을 만들지요.

그때 밖에 나가셨던 아버지가 돌아오셨어요.

"어, 추워! 피터, 순록 고기를 땅속 깊이 묻어 두고 왔단다. 겨울에 꺼내 먹을 생각을 하니 든든한걸. 하하하!"

아버지를 보니 겨울에 대한 걱정 대신 미소가 번졌어요. 겨울을 위해 준비한 옷과 순록 고기, 그리고 포근한 부모님이 계시니까요.

※ **짓다**: 재료를 들여 밥, 옷, 집 따위를 만들다.

1. 다음 피터 어머니의 말에서 알 수 있는 마음은 무엇인가요? (   )

순록은 거의 모든 것을 우리에게 주고 가는구나. 고기, 젖, 가죽, 뿔 등을 말이다.

① 순록에 대한 미움
② 순록에 대한 고마움
③ 순록에 대한 그리움
④ 순록에 대한 안타까움

2. 다음 설명을 읽고, 북극 사람들이 순록을 이용하는 방법이 맞으면 ◯표를, 틀리면 ✕표를 하세요.

⑴ 순록의 뿔은 그냥 버린다. (   )

⑵ 순록 고기를 요리해서 먹는다. (   )

⑶ 순록의 젖으로 기름을 만든다. (   )

⑷ 순록 가죽으로 옷, 신발, 천막을 만든다. (   )

3. 북극 사람들은 겨울을 따뜻하고 든든하게 지내기 위해 옷과 순록 고기를 준비했습니다. 여러분은 이번 겨울에 주로 무엇을 하며 지내고 싶나요? 그리고 그것을 위해서 어떤 것을 준비해야 할지 보기 처럼 써 보세요.

보기 나는 이번 겨울에 스케이트를 배우고 싶다. 그래서 스케이트와 따뜻한 장갑, 모자를 준비할 것이다.

어느새 겨울이 왔어요. 매서운 겨울바람을 뚫고 아버지가 땅에 묻어 두었던 순록 고기를 가져오셨어요.

"오는 길에 이웃 마을 사람들을 만났는데, 북극곰을 봤다는구나."

"북극곰이오?"

아버지의 말에 피터가 눈이 동그래지며 물었어요.

"응. 어미 곰이랑 새끼 곰 한 마리였는데, 어미 곰이 좀 야위어* 보였대."

몸길이가 보통 2미터가 넘는 북극곰은 가을에 잘 먹어 두지 않으면 겨울을 버티기 힘들어요. 북극곰은 먹잇감으로 바다표범을 좋아하지요. 얼음 위를 걷다가 바다표범이 숨을 쉬기 위해 얼음 구멍으로 올라올 때 사냥을 해요.

하지만 점점 더워지는 북극의 날씨로 얼음이 줄어들면서 얼음 위로 올라오는 바다표범의 수가 줄어들었고, 주로 얼음 위에서 생활하는 북극곰의 삶의 터전도 점점 줄어들고 있어요. 피터는 창밖을 보며 두 손을 모아 간절히 바랐어요.

'북극곰들이 올겨울을 무사히 보낼 수 있도록 도와주세요!'

* 야위다: 몸의 살이 빠져 조금 마르다.

1. 이 글의 내용에 맞으면 ◯표를, 틀리면 ✕표를 하세요.

(1) 북극곰을 본 사람은 피터의 아버지이다. (   )

(2) 피터의 아버지는 땅에 묻어 두었던 순록 고기를 가져오셨다. (   )

(3) 북극에 얼음이 줄자 얼음 위로 올라오는 바다표범의 수도 줄었다. (   )

(4) 점점 더워지는 날씨로 북극곰이 주로 생활하는 얼음이 줄어들고 있다. (   )

 2. 다음은 북극의 날씨가 점점 더워지는 이유를 설명한 것입니다. 이 결과 북극에서 어떤 일이 벌어지고 있는지 이 글에서 찾아 빈칸에 쓰세요.

사람들은 많은 양의 석탄과 석유 등의 연료를 쓰며 자동차, 전기, 항공, 건설 등의 산업을 발달시켰다. 이때 쓰인 연료에서 나오는 이산화 탄소와 가스 등이 지구의 온도를 높이고 있다.

2주 3일
학습 끝!

붙임 딱지 붙여요.

북극의 날씨가 점점 .... 있다.	→	북극의 얼음이 점점 .... 있다.	→	북극곰의 삶의 터전도 점점 .... 있다.

 3. 북극의 얼음이 많이 녹아서 먹이도 줄고, 생활할 곳도 점점 줄어드는 북극곰에게 용기를 주는 글을 써 보세요.

겨울에는 밤이 계속되고 모든 것이 꽁꽁 얼어요. 눈이 많이 내리는 날씨를 대비해서 마을의 지붕은 모두 삼각형 모양이에요. 평평한 모양이었다면 아마도 눈의 무게를 이기지 못하고 주저앉았을 테지요.

*유목 생활을 하는 이누이트는 천막에서 생활하기도 하고 둥근 모양의 얼음집에서 살기도 해요. 그중에서 눈과 얼음을 둥글게 쌓아 올린 이누이트의 얼음집을 '이글루'라고 하지요. 주로 겨울에 바다표범을 사냥할 때 머물러요.

"오로라다! 엄마, 오로라예요. 아빠, 이리 와서 보세요!"

피터의 말에 온 가족이 함께 밤하늘에 커튼처럼 내린 오로라를 보았어요. 빨강, 파랑, 노랑, 연두 등 아름다운 빛이 밤하늘을 수놓고 있었어요. 오로라는 라틴어로 '새벽'을 뜻하는데, 주로 극지방의 높은 하늘에서 빛이 나는 현상을 가리켜요.

내년 2월 말이 되어야 낮을 볼 수 있는 봄이 와요. 피터는 오로라를 바라보며 소원을 빌었답니다. 어서 빨리 봄이 와서 아빠와 함께 썰매를 타고 얼음 위를 씽씽 달리며 사냥을 할 수 있게 해 달라고요.

유목: 일정한 거처를 정하지 아니하고 물과 풀밭을 찾아 옮겨 다니면서 목축을 하여 삶.

사회 탐구 **1.** 이 글에 나타난 북극의 생활을 <u>잘못</u> 설명한 것은 어느 것인가요? (   )

① 둥근 얼음집의 이름은 '천막'이다.

② '이글루'는 눈과 얼음을 둥글게 쌓아 올린 얼음집이다.

③ 유목 생활을 하는 이누이트는 천막에서 생활하기도 한다.

④ 눈이 많이 내리는 것을 대비해서 마을의 지붕은 모두 삼각형 모양이다.

과학 탐구 **2.** 다음에서 설명하는 현상이 무엇인지 이 글에서 찾아 쓰세요.

- 북극과 같은 극지방의 높은 하늘에서 빛이 나는 현상이다.
- 빨강, 파랑, 노랑, 연두 등 아름다운 빛이 밤하늘을 수놓는다.
- 라틴어로 '새벽'을 뜻한다.

(   )

논술 **3.** 북극 사람들과 우리나라 사람들의 생활을 비교해 보고 어떤 점이 다른지 보기 처럼 한 가지만 써 보세요.

> 보기 북극은 여름에도 춥기 때문에 이곳에 사는 사람들은 시원한 여름옷이 필요 없다. 그러나 우리나라는 여름에 기온이 섭씨 30도가 넘는 날이 많기 때문에 우리나라 사람들은 시원한 여름옷이 필요하다.

북극의 지구 반대편에는 남극이 있어요. 북극처럼 아주 춥고 눈과 얼음으로 뒤덮여 있지요. 피터의 삼촌은 바로 이곳, 남극의 연구 기지에서 일한답니다.

피터의 삼촌이 오랜만에 가족들을 만나러 북극에 왔어요. 피터는 남극이 북극보다 춥고 얼음밖에 없어서 남극에는 볼 것이 없을 것이라고 말했어요. 그러자 삼촌은 웃으며 남극에 대해 알려 주셨지요.

"피터, 남극도 재미있는 것들이 많단다. 일단 남극 대륙의 크기는 오스트레일리아의 두 배에 가까울 정도로 커. 그런데 왜 남극은 북극과 달리 '대륙'이라고 부를까? 그건 남극이 단단한 육지 위에 눈이 얼어서 만들어진 곳이기 때문이야. 반면에 북극은 '북극해'라는 바다 위에 떠 있는 거대한 얼음덩어리가 대부분이지. 북극의 얼음은 소금 성분이 들어 있는 바닷물이 섞여 있어서 남극의 얼음보다 맛도 짜단다."

"정말요? 우아, 신기해요."

"그리고 남극에는 사막처럼 건조한 지역과 화산섬도 있어. 놀랍지?"

피터는 삼촌의 이야기를 듣고 남극이란 곳이 무척 궁금했답니다. 그래서 삼촌에게 남극으로 돌아가면 그곳의 모습을 사진에 담아서 보내 달라고 했지요.

사회
탐구 **1. 다음 중 남극 대륙은 어느 것인가요? (   )**

①    ②    ③    ④

언어 **2. 다음 중 남극에 대한 설명이 <u>아닌</u> 것은 무엇인가요? (   )**

▲ 남극 대륙

▲ 펭귄과 스쿠아

▲ 남극 해안가에서 발견된 고래 뼈

① 남극은 얼음밖에 없다.

② 남극은 '대륙'이라고 부른다.

③ 남극의 크기는 오스트레일리아의 두 배 정도이다.

④ 남극에는 사막처럼 건조한 지역과 화산섬이 있다.

논술 **3. 이 글에서는 남극과 북극의 차이점을 네 가지 말하고 있습니다. 다음 두 가지 차이점을 보고, 다른 두 가지를 더 써 보세요.**

(1) 남극은 북극보다 더 춥다.

(2) 남극은 대륙이지만 북극은 대륙이 아니다.

(3) ....

(4) ....

피터에게

안녕, 피터! 잘 지냈니? 그곳도 많이 춥지? 하지만 남극이 북극보다 더 춥단다. 북극은 기온이 영상으로도 오르지만, 남극은 섭씨 0도를 넘기 힘들어. 이렇게 추운 남극에는 연구하는 사람들 말고는 사람이 살지 않아. 그럼 동물들은 살까? 놀랍게도 동물들은 살고 있단다!

북극의 대표 동물이 북극곰이라면, 남극의 대표 동물은 '펭귄'이라고 할 수 있지. 펭귄은 새지만 날지 못하고, 헤엄을 쳐서 물고기를 잡아먹고 살아. 또 온몸이 깃털로 덮여 있어서 날씨가 추워도 살 수 있지. 펭귄 중에서 가장 큰 황제펭귄은 몸길이가 1.2미터 정도나 된단다.

남극에는 '북극제비갈매기'가 있는데, 지구상에서 가장 먼 거리를 이동하는 것으로 유명해. 북극에서 여름을 보내고, 알에서 나온 새끼가 어느 정도 자라면 남극으로 날아오거든. 이 밖에도 남극에는 *크릴새우와 오징어, 고래 등 다양한 동물들이 살고 있단다.

피터, 다음에 또 편지할게. 건강하게 잘 지내라.

20○○년 ○월 ○일
남극에서 피터를 사랑하는 삼촌

* **크릴새우**: 작은 새우와 비슷하며 남극 주변의 바다에서 흔하게 볼 수 있는 동물.

1. 이 글의 중심 내용으로 알맞은 것은 어느 것인가요? (   )

① 남극에는 크릴새우, 오징어, 갈매기, 바다표범 등이 살고 있다.

② 남극은 '북극제비갈매기'와 '황제펭귄'이 사는 곳으로 유명하다.

③ 남극의 대표 동물은 펭귄이고, 그중에서 가장 큰 펭귄은 황제펭귄이다.

④ 남극은 북극보다 추워서 사람들이 살지 않지만 다양한 동물들이 살고 있다.

2. 다음의 '이곳'은 어디인지 이 글에서 찾아 쓰세요.

- '이곳'은 북극의 반대편에 있어서 북극이 여름이면 이곳은 겨울이고, 북극이 겨울이면 이곳은 여름이다.
- '이곳'도 여름에는 백야 현상이 일어나고, 겨울에는 어두운 밤이 계속된다.
- '이곳'은 지구상에서 가장 추운 곳이다.
- '이곳'에는 세계 여러 나라에서 세워 놓은 과학 기지가 많다. 우리나라의 세종 과학 기지도 이곳에 있다.

2주 4일
학습 끝!

붙임 딱지 붙여요.

(   )

3. 남극과 북극의 공통점을 생각하여 한 가지만 써 보세요.

▲ 남극

북극 ▶

Ⅰ 북극에도 사계절이 있습니다. 북극의 봄, 여름, 가을, 겨울에 알맞은 설명을 보기 에서 골라 그 번호를 ( ) 안에 쓰세요.

보기
① 툰드라 지역에는 키가 작은 풀과 나무가 자라고 꽃이 핀다.
② 섭씨 영하 40도 아래로 내려갈 정도로 춥고, 밤이 계속된다.
③ 순록을 사냥해 고기를 저장하고 옷을 지으며 겨울을 준비한다.
④ 개들이 끄는 썰매를 타고 바다코끼리나 일각돌고래 사냥을 한다.

(1) 북극의 봄
(   )

(2) 북극의 여름
(   )

(3) 북극의 가을
(   )

(4) 북극의 겨울
(   )

2 북극 소년 피터가 예쁜 주머니를 들고 있습니다. 보기 에서 북극과 관련 있는 것을 모두 골라 주머니 안에 쓰세요.

보기	나무늘보	펭귄	북극곰	북극여우	정글	일각돌고래
	오로라	코알라	백야	캥거루	화산섬	사막

소중한 극지방을 살리자!

여러분은 '극지방'이 어디인지 알고 있나요? 그래요, 남극과 북극 주변 지역을 극지방이라고 해요. 극지방은 사람들이 많이 살지 않지만 우리에게 아주 소중한 곳이에요. 왜 그런지 지금부터 알아볼까요?

소중한 북극과 남극

▲ 황제펭귄

북극과 남극에는 얼음도 많지만 우리가 쓸 수 있는 자원도 많습니다. 북극해에는 많은 양의 석탄, 석유, 천연가스 등이 묻혀 있고, 북극 주변에는 21세기 정보 통신 산업의 핵심 원료인 금속 광물이 매장되어 있기도 하지요.

남극에도 철, 구리, 금, 은 등의 자원이 많이 묻혀 있습니다. 또한 남극에는 다른 곳에서는 쉽게 찾아볼 수 없는 독특한 동물도 볼 수 있지요. 우리가 잘 알고 있는 펭귄과 북극제비갈매기는 물론이고, 물개와 닮은 표범해표, 로스해표와 같은 해표들도 이곳에 살고 있답니다.

이렇게 많은 자원이 묻혀 있고 다양한 동물이 살고 있는 북극과 남극은 우리의 소중한 보물 창고랍니다.

▲ 북극제비갈매기

▲ 해표

극지방의 연구 기지

극지방의 기후와 빙하, 생물과 자원 등을 연구하기 위해 세계 여러 나라에서 북극과 남극에 과학 기지를 세우고 있습니다. 우리나라도 1988년 남극에 '남극 세종 과학 기지'를, 2002년 북극에 '북극 다산 과학 기지'를 세웠습니다. 이로써 우리나라는 세계에서 여덟 번째로 남극과 북극 모두에 과학 기지를 세운 나라가 되었지요.

위험에 빠진 극지방과 지구

과학 기지를 세워 연구할 정도로 가치가 있는 극지방이 요즘 위험에 빠졌습니다. 극지방의 온도가 조금씩 올라가고 있거든요. 그럼 왜 온도가 올라가는 걸까요? 그건 바로 사람 때문이랍니다.

▲ 녹고 있는 북극의 빙하

인구가 늘어나면서 사람들은 많은 양의 석탄과 석유, 천연가스 등의 화석 연료를 쓰며 도시와 산업을 발달시켰습니다. 이때 연료에서 나온 이산화탄소와 메탄 등의 온실가스가 지구의 온도를 높이는데, 이와 같은 현상을 '지구 온난화'라고 부릅니다.

지구 온난화로 극지방의 얼음이 더 많이 녹으면 어떻게 될까요? 바닷물의 높이가 높아져서 육지와 섬이 잠길 수 있고, 폭풍우와 홍수 같은 피해가 더 많이 생길 수도 있습니다.

▲ 태양열 발전

이런 지구 온난화를 막기 위해 세계에서는 화석 연료의 사용을 줄이고, 태양열이나 풍력, 수력 에너지와 같은 대체 에너지를 개발하고 있습니다. 그리고 에너지 절약을 위해 자가용 대신 버스나 지하철과 같은 대중교통을 많이 이용하는 운동을 벌이고 있지요. 또 환경을 오염시키지 않는 환경친화적인 상품을 쓰고, 쓰레기를 줄이는 등 지구를 살리기 위해 노력하고 있습니다.

✎ '지구 온난화'의 의미와 지구 온난화로 일어날 수 있는 피해에 대해 써 보세요.

(1) 지구 온난화:

(2) 지구 온난화로 일어날 수 있는 피해:

북극곰을 살리자!

지구 온난화가 심해지면서 북극의 얼음이 녹아내리고 있어요. 이 때문에 얼음 위에서 생활하며 먹이를 사냥하는 북극곰이 굶주리고 있지요. 이런 북극곰을 살리려면 더 이상 북극의 얼음이 녹지 않게 해야 해요. 그러려면 우리가 생활하면서 늘려야 할 것과 줄여야 할 것이 무엇인지 생각해야 한답니다. 보기 와 같이 늘려야 할 것과 줄여야 할 것을 써 보세요.

보기

늘려 주세요!

북극곰을 살리려면 버스나 지하철과 같은 대중교통 이용을 늘려야 합니다.

줄여 주세요!

북극곰을 살리려면 쓰레기를 마구 버리는 일을 줄여야 합니다.

2주 학습 끝!

확인할 내용	잘함	보통	부족
1. 이번 주 학습을 5일(월요일~금요일) 안에 끝마쳤나요?			
2. 극지방의 특징을 잘 이해했나요?			
3. 북극의 사계절을 구분할 수 있나요?			
4. 북극과 남극의 차이를 알 수 있나요?			

늘려 주세요!

북극곰을 살리려면 ....
....
....
....
.... (을)를 늘려야 합니다.

줄여 주세요!

2주 5일
학습 끝!

붙임 딱지 붙여요.

북극곰을 살리려면 ....
....
....
.... (을)를 줄여야 합니다.

전하는 말

73

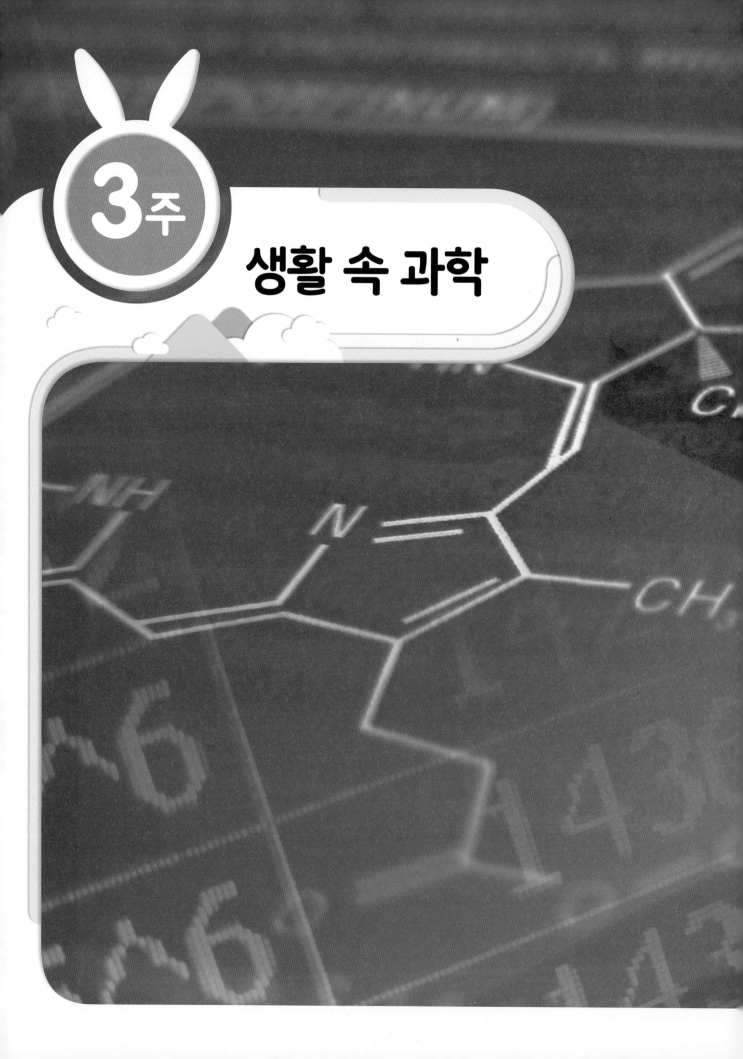

3주

생활 속 과학

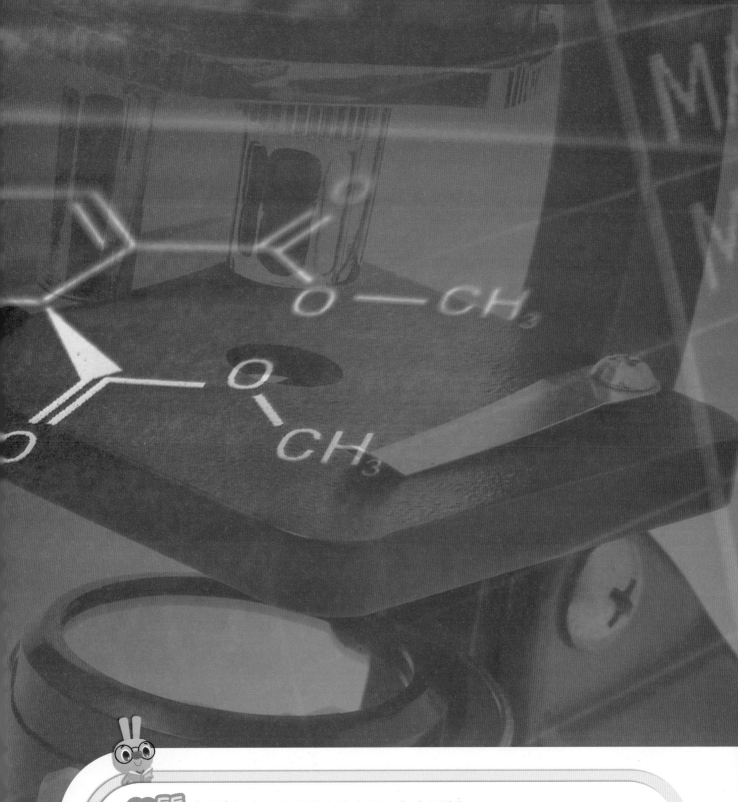

생각톡톡 '과학' 하면 어떤 생각이 먼저 드는지 써 보세요.

관련교과 [과학 3-1] 자석의 성질과 힘의 작용 알기
[과학 4-1] 물체의 무게와 무게 측정 방법 익히기 / 다양한 저울의 특징 알기

생활 속 과학

먼지떨이와 마찰 전기

으, 이 먼지 좀 봐!

누나, 뭐 해?

으악! 너 머리가 왜 그래?

청소!

내 머리가 늘 이렇지, 뭐. 그런데 그렇게 하면 먼지가 없어지긴 해?

물론이지! 마찰에 의해 전기가 생기거든. 그걸 이용해 먼지를 청소하는 거야.

마찰? 전기?

겨울철에 스웨터를 벗다가 따끔한 적 있지?

응!

스웨터가 몸에 비벼져서 전기가 생긴 거지. 이걸 '마찰 전기'라고 하는데, 마찰 전기는 물체들이 닿아 비벼질 때 만들어져.

그게 먼지떨이와 무슨 상관이야?

먼지떨이를 물체에 비비면 마찰 전기가 생겨서 끌어당기는 힘이 작용하게 돼. 그래서 먼지들이 먼지떨이에 달라붙는 거야. 참, 마찰 전기는 정전기라고도 해.

아, 정전기~.

누나, 마찰 전기 정말 신기한걸?

너~, 내 머리카락에 무슨 짓을 하는 거야!!

과학탐구 1. 다음 그림에서 마찰 전기를 이용하는 경우는 어느 것인가요? ( )

 언어 2. 다음 중 맞춤법에 맞게 쓴 것에 ◯표 하세요.

(1)

먼지털이 ( )

먼지떨이 ( )

(2)

재털이 ( )

재떨이 ( )

논술 3. 마찰 전기는 건조한 환경에서 잘 발생합니다. 겨울철에 방 안에서 마찰 전기가 일어나지 않도록 방지하는 방법을 보기 와 같이 써 보세요.

보기   방 안이 건조하지 않도록 대접에 물을 떠다 놓는다.

77

시소와 수평 잡기

음, 뭘 하고 놀까?

누나, 시소는 어때?

어, 누나. 이게 왜 이러지?

네가 뒤로 좀 가 봐.

이렇게?

슬금 슬금

우아, 됐다.

슬금 슬금

그래, 이제야 수평이 잡혔네.

수평?

그래, 한 점을 중심으로 양쪽의 무게가 같아서 어느 한쪽으로 치우치지 않은 상태를 말해.

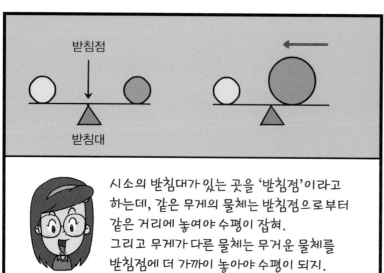

받침점

받침대

시소의 받침대가 있는 곳을 '받침점'이라고 하는데, 같은 무게의 물체는 받침점으로부터 같은 거리에 놓여야 수평이 잡혀.
그리고 무게가 다른 물체는 무거운 물체를 받침점에 더 가까이 놓아야 수평이 되지.

아, 그래서 누나가 그렇게 앞쪽에 앉았구나.

으아, 큰 소리로 말하지 마.

끄덕 끄덕

1. 다음 시소가 수평이 되려면 여우는 어떤 동물과 함께 앉아야 하는지 쓰세요.

(   )

과학
탐구

2. 시소처럼 수평 잡기의 원리를 이용한 물건으로 알맞지 <u>않은</u> 것에 ◯표 하세요.

(1)

모빌

(   )

(2)

양팔 저울

(   )

(3)

용수철저울

(   )

논술

3. 몸무게가 많이 나가는 곰과 몸무게가 적게 나가는 여우가 같이 시소를 타려고 해요. 두 동물이 사이좋게 시소를 탈 수 있는 방법은 무엇인지 생각하여 다음 문장을 완성해 보세요.

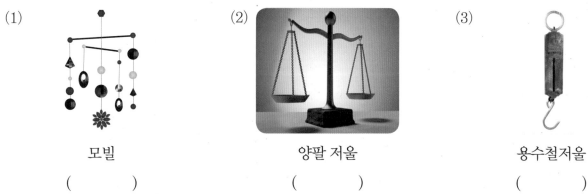

여우보다 무거운 곰이 시소의 받침점에

그네와 진자 운동

이야, 재미있다!

휘잉~

좀 살살 타.

휭

헤헤, 그네는 높이 올라가야 재미있다고.

양쪽 끝으로 갈 때 속력이 제일 빠르거든.

과연 그럴까?

진동에 대해 알면 그렇게 얘기 못 할 텐데. 진자는 그렇게 움직이지 않거든.

진동? 진자?

갸우뚱

슉

그네처럼 줄에 매달려 앞뒤로 반복해서 움직이는 것을 '진동'이라고 해. 그리고 줄 끝에 추를 매달아 좌우로 왔다 갔다 하게 만든 물체를 '진자'라고 하지.

1초에 1cm를 가는 추와 2cm를 가는 추 중에 어떤 것이 더 빠를까?

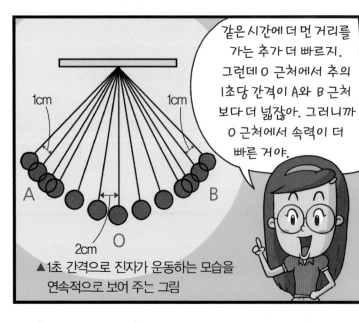

1cm   1cm

A   O   B

2cm

▲1초 간격으로 진자가 운동하는 모습을 연속적으로 보여 주는 그림

같은 시간에 더 먼 거리를 가는 추가 더 빠르지. 그런데 O 근처에서 추의 1초당 간격이 A와 B 근처보다 더 넓잖아. 그러니까 O 근처에서 속력이 더 빠른 거야.

힝, 누나. 나 좀 멈춰 줘.

그러게, 너무 세게 타더라.

1. 다음 보기 에서 설명하는 것이 무엇인지 고르세요. (   )

보기   줄 끝에 추를 매달아 좌우로 왔다 갔다 하게 만든 물체

① 추   ② 진자   ③ 진동   ④ 반복

 2. 다음 중 그네가 앞뒤로 움직일 때 그네의 속력이 가장 빠른 곳은 어디인가요?

(   )

3. 우리 주위에서 그네와 같이 진동하는 모습을 어디에서 찾을 수 있는지 보기 와 같이 써 보세요.

보기 철봉에 매달려 몸을 앞뒤로 움직이는 모습에서 진동을 찾을 수 있다.

모습에서 진동을 찾을 수 있다.

풍선과 공기의 부피

까, 깜짝이야!

호호, 미안 미안. 누나가 과학 공부 좀 하느라~.

공부는 무슨! 풍선 불며 놀고 있었으면서……

모르는 말씀! 풍선을 불 때도 과학을 생각해야 해.

정말?

자, 봐! 후~! 뭘 알 수 있지?

음, 풍선이 노란색인 거?

으이그, 풍선에 공기를 불어 넣었더니 부풀었잖아. 읍! 이걸 보면 공기가 공간을 차지하고 '부피'를 갖는다는 걸 알 수 있어!

우아, 그렇구나.

그럼 누나, 공기에 '무게'도 있어?

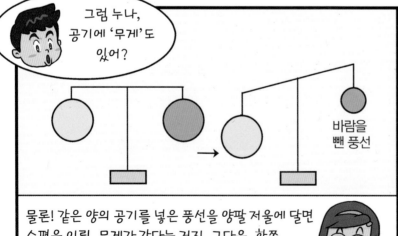

바람을 뺀 풍선

물론! 같은 양의 공기를 넣은 풍선을 양팔 저울에 달면 수평을 이뤄. 무게가 같다는 거지. 그다음, 한쪽 풍선의 바람을 빼면 바람을 빼지 않은 풍선 쪽으로 저울이 기울지. 바람을 뺀 풍선이 가볍다는 거야.

그럼, 누나는 공기를 많이 마셔서 무거워진 거야?

뭐?!

과학 탐구 1. 공기가 공간을 차지하는 성질을 이용한 물건이 <u>아닌</u> 것은 무엇인가요? (   )

①
솜사탕

②
과자 봉지

③
자동차 바퀴

④
물놀이 튜브

 과학 탐구 2. 다음의 뜻을 가진 낱말을 찾고, 빈칸에 그 낱말이 어울리는 문장도 찾아서 줄로 이으세요.

(1)
넓이와 높이를 가진 물건이 공간에서 차지하는 크기
•

• ㉠ 무게 •

• ① 누나 가방은 무겁지 않지만, ▢ 가 커서 들기 힘들었다.

(2)
물건의 무거운 정도
•

• ㉡ 부피 •

• ② 저울에 가방의 ▢ 를 달아 보았다.

논술 3. 만약 세상에 공기가 지금보다 적어지면 어떤 일이 생길지 보기 와 같이 상상하여 써 보세요.

보기 공기가 적어지면 산소마스크를 쓰고 다녀야 할 것이다.

으, 심심해!

시골에 놀러 온 건 좋은데, 컴퓨터도 없고, 게임기도 없고…….

그렇게 심심해?

그럼 내가 재미있는 거 보여 줄까?

뭔데?

자, 불을 끄고 저기 앉아서 손전등으로 이쪽을 비춰 봐.

이렇게?

안녕, 난 백조야.

우아! 누나, 진짜 신기하다.

달칵

그림자가 어떻게 생기는지 알면 할 수 있는 그림자놀이야. 빛은 불투명한 물체를 통과하지 못하기 때문에 그림자가 생기거든. 단, 투명한 것은 빛이 통과하니까 손처럼 투명하지 않은 것으로 그림자를 만들어야 해.

어, 정말로 투명한 유리컵은 그림자가 잘 안 생기네.

흔들

흔들

빛 하나만 있어도 이렇게 재미있구나.

후후, 그렇지?

휙

휙

1. 다음 손의 모양과 벽에 비춰진 그림자의 모양을 바르게 줄로 이으세요.

(1)

(2)

(3)

ㄱ

ㄴ

ㄷ

 2. 다음 내용 중 맞는 것은 어느 것인가요? (   )

① 그림자의 모양은 한 가지이다.

② 빛이 없으면 그림자는 생길 수 없다.

③ 빛이 물건을 통과하기 때문에 그림자가 생긴다.

④ 투명하지 않은 물체에 빛을 비추면 그림자가 생기지 않는다.

논술 3. 다음 보기 의 밑줄 친 '그림자'는 어떤 사람이나 대상에 항상 따라다니는 것을 빗대어 이르는 말입니다. 이런 뜻의 '그림자'를 넣어 문장을 만들어 보세요.

> 보기   대통령 옆에는 늘 경호원이 <u>그림자</u>처럼 따라다닌다.

거울과 빛의 반사

아, 햇볕 좋다!

으아~

아, 뭐야!!

햇볕이 좋다며~.

번쩍

아무리 그래도 빛이 반사하는 성질을 이용해서 장난하면 눈이 부시잖아.

빛의 반사?

가우뚱

쯧! 곧게 나가는 빛의 성질도 몰라?

삐~융

그건 알아.

그럼 '반사'는 아니?

반사? 음, 들어 본 것 같은데……

빛이 직진하다가 물체의 표면에 부딪혀 튕겨져 나오는 걸 말해.

아, 빛은 한 방향으로 튕겨져 나가는 구나.

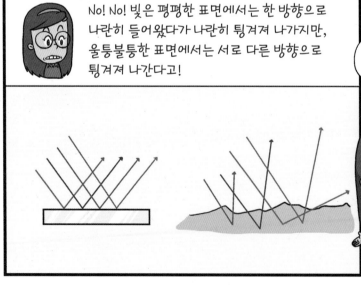

No! No! 빛은 평평한 표면에서는 한 방향으로 나란히 들어왔다가 나란히 튕겨져 나가지만, 울퉁불퉁한 표면에서는 서로 다른 방향으로 튕겨져 나간다고!

이제 잘 알았지?

으~, 남은 열심히 설명하는데!

음냐   음냐

1. 거울에 비친 물체의 모습을 볼 수 있는 이유는 빛이 거울에 부딪혀서 반사되기 때문입니다. 다음 거울에 비친 모습 중 <u>잘못된</u> 모습은 무엇인가요? (   )

 2. 이 만화를 보고 알 수 있는 내용이 <u>아닌</u> 것은 무엇인가요? (   )

① 빛은 곧게 나아간다.

② 빛은 거울에 부딪히면 반사된다.

③ 빛이 물체의 표면에 부딪혀 튕겨져 나가는 것을 흡수라고 한다.

④ 반사되는 면이 울퉁불퉁하면 빛은 서로 다른 방향으로 튕겨져 나간다.

3주 2일
학습 끝!

붙임 딱지 붙여요.

3. 거울은 모든 사물과 사람들의 모습을 비춰 줍니다. 여러분이 마술 거울을 만들 수 있다면 사물과 사람들이 어떻게 비춰지는 거울을 만들고 싶은지 써 보세요.

손톱깎이와 지레의 3요소

윽, 뭐야!

아야야! 너~!

누나, 미안. 손톱이 자꾸 튀네!

너 지금 손에 든 게 뭐야?

이거? 그야 손톱깎이지.

그 손톱깎이에 대한 문제를 맞히면 손톱 튄 걸 용서해 주지.

무슨 문제인데?

자, 문제! 손톱깎이와 지레의 공통점은?

지레? 전혀 닮은 게 없는데?

과연 그럴까? 지레에는 힘이 주어지는 곳, 받치는 곳, 힘이 미치는 곳이 있어.

작용점 받침점 힘점

그런데?

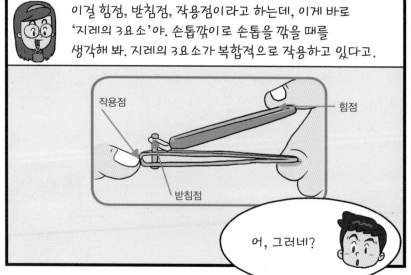

이걸 힘점, 받침점, 작용점이라고 하는데, 이게 바로 '지레의 3요소'야. 손톱깎이로 손톱을 깎을 때를 생각해 봐. 지레의 3요소가 복합적으로 작용하고 있다고.

작용점 힘점 받침점

어, 그러네?

자, 문제를 못 맞혔으니 이리 와!

으아, 누나 용서해 줘~.

후다닥

1. 다음 중 손톱깎이와 같이 지레의 원리를 이용한 것이 <u>아닌</u> 것은 무엇인가요?

(   )

① 그네   ② 가위   ③ 지레   ④ 병따개

2. 다음 빈칸에 들어갈 알맞은 말은 무엇인가요? (   )

> 손톱을 깎는 도구를 '손톱□□', 연필을 깎는 도구를 '연필□□'라고 합니다.

① 깍이   ② 까끼   ③ 각이   ④ 깎이

3. 힘점, 받침점, 작용점을 '지레의 3요소'라고 합니다. 보기 중에서 지레의 3요소를 <u>잘못</u> 말한 친구를 고르고, 그 이유를 쓰세요.

보기

힘점은 손톱깎이에서 손으로 누르는 부분처럼 힘이 주어지는 곳을 말해.
윤호

받침점은 사람이 힘을 주는 부분을 가리켜.
보미

작용점은 힘이 미치는 부분이야.
지우

(1) 잘못 말한 친구 : ＿＿＿＿＿＿＿＿＿＿＿＿＿＿＿＿＿＿＿＿＿

(2) 그 이유 : ＿＿＿＿＿＿＿＿＿＿＿＿＿＿＿＿＿＿＿＿＿

빨래와 물의 증발

이제야 빨래를 다했네.

우아, 정말 깨끗해요.

이히히히! 나는 빨래 귀신이다.

으흐흐흐

호호, 아직 마르지도 않은 빨래로 장난을 치니까 그렇지.

으, 축축해!

그날 오후

이젠 빨래가 다 말랐겠다.

정말이네. 축축하지 않아.

신기해할 것 없어. 물이 증발을 해서 그런 거니까.

증발?

?

액체인 물이 기체인 수증기로 변하여 공기 중으로 날아가 우리 눈에 보이지 않게 되는 것을 '증발'이라고 해.

젖은 빨래에 있던 물이 증발을 해서 빨래가 마른 거지.

아, 그래서 오징어도 말리려고 널어놓는구나.

그런데 이거 네 이불 아냐? 어젯밤 혹시?

아, 아냐! 아냐!

휘 휘

1. 다음 중 '증발'의 예로 알맞지 <u>않은</u> 것은 무엇인가요? (   )

①
물이 얼음이 됨.

②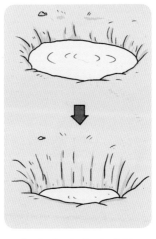
웅덩이 물이 줄어듦.

③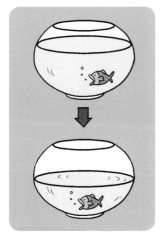
어항 속 물이 줄어듦.

 2. 다음 중 빨래가 마르는 이유에 대해 바르게 말한 친구는 누구인가요? (   )

① 빨래의 물이 얼어서

② 빨래의 물이 녹아서

③ 빨래의 물이 끓어서

④ 빨래의 물이 증발해서

 3. 물이 증발하지 않는다면 어떤 일이 생길지 보기 와 같이 써 보세요.

보기 젖은 옷이 마르지 않아 빨래를 할 수 없다.

으, 웬 비람!

그러게, 천둥 번개도 치겠는걸?

뭐? 천둥 번개?

왜? 무서워?

아, 아냐! 위험할 것 같아서.

훗, 그래?

그, 그럼! 번개는 구름에 모인 전기가 흘러갈 때 번쩍이는 불꽃이고, 천둥은 그때 나는 소리잖아.
벼락은 공중의 전기와 땅 위의 물체 사이에 전기가 흐르는 현상으로 맞으면 죽을 수도 있다고 하더라고.

덜덜

후후, 걱정 마. 피뢰침이 있으니까.

피뢰침?

번개를 땅속으로 들어가게 해 주는 뾰족한 금속이야. 프랭클린이 발명했지.

하하, 그럼 피뢰침만 있으면 끄덕없······.

으, 으악!

으, 으악! 사람 살려!

하여간 겁은 많아서~.

절레 절레

1. 다음 기상 현상을 바르게 설명한 것을 찾아 줄로 이으세요.

(1) 벼락 •

(2) 번개 •

㉠ 구름에 모인 전기가 흘러갈 때 번쩍이는 불꽃 •

㉡ 공중의 전기와 땅 위의 물체 사이에 전기가 흐르는 현상 •

 2. 다음 중 '피뢰침'에 대한 설명으로 틀린 것은 무엇인가요? (   )

① 프랭클린이 발명했다.

② 금속으로 만들어졌다.

③ 끝이 둥글게 만들어졌다.

④ 번개를 끌어 들여 땅속으로 흘러 들어가게 해 준다.

3주 3일
학습 끝!

붙임 딱지 붙여요.

3. 다음에 제시된 낱말을 한 가지 이상 사용하여 보기 처럼 빗대어 표현한 문장을 만들어 보세요.

| 번개 | 천둥 | 벼락 | 비 | 눈 | 서리 |

보기 나는 비가 와서 집으로 번개처럼 달려갔다.

....

....

종이비행기와 공기의 흐름

휘이이이이이~~잉

우아, 비행기 많다.

히히, 나도 종이비행기 만들며 놀아야지.

너 비행기가 어떻게 나는지 알고 있니?

음, 날개가 있으니까?

어떻게? 새처럼 날개를 퍼덕이지도 않잖아.

후후, 고민하지 마. 내가 가르쳐 줄게.

으음, 그렇다면……

종이비행기든 진짜 비행기든 힘이 있어야 날아. 사람이 던지거나 엔진이 움직이거나 하는 힘 말이야. 그리고 하늘을 날 때는 비행기 날개의 위와 아래의 공기 흐름(속도)이 중요해. 다음 그림과 같이 공기 흐름과 압력의 차이로 비행기가 날 수 있거든.

(날개 위) 공기 흐름이 빨라져 압력이 감소함.

누나, 무슨 말인지 더 모르겠어.

(날개 아래) 공기 흐름이 위보다 느려져 압력이 증가하여 위쪽으로 미는 힘이 생김.

그럼 좀 더 간단히 말해 볼까? 긴 종이를 책에 끼우면 밑으로 처지지? 이때 종이 위쪽으로 바람을 불면 종이 위쪽에 있는 공기의 흐름이 빨라져서 위쪽의 압력이 아래쪽보다 감소하게 돼. 그러면 아래쪽에서 위쪽으로 밀어 올리는 힘이 생기기 때문에 종이가 뜨는 거야.

후우~

아, 그렇구나.

누나 나랑 종이비행기 시합할래?

호호, 그래. 얼마든지.

1. 다음 중 하늘을 날지 <u>못하는</u> 것은 어느 것인가요? (   )

①
비행기

②
종이비행기

③
새

④
인라인스케이트

 2. 종이비행기가 하늘을 나는 데 필요한 힘을 두 가지 고르세요. (   )

① 물 위에 뜨는 힘

② 사람이 던지는 힘

③ 지구가 잡아당기는 힘

④ 비행기의 날개를 밀어 올리는 힘

🐰 논술 3. 여러 가지 재료로 비행기를 만들어 보려고 합니다. 어떤 재료로 만들면 좋을지 재료와 그 이유를 보기 와 같이 써 보세요.

보기 종이로 비행기를 만든다. 종이는 구하기 쉽고 가벼워서, 비행기를 큰 힘을 들이지 않고 빠르게 만들 수 있기 때문이다.

95

냉장고와 자석의 성질

문이 잘 안 닫혀서 말이야.

엄마, 여기에 뭐 사러 오신 거예요?

냉장고를 바꿀 때가 되어서……

냉장고요? 잘 되던데……

아, 문의 자석이 고장 난 거네요.

냉장고에 웬 자석?

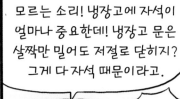

모르는 소리! 냉장고에 자석이 얼마나 중요한데! 냉장고 문은 살짝만 밀어도 저절로 닫히지? 그게 다 자석 때문이라고.

정말?

자석은 뭔지 알지?

그럼! 클립이 잘 붙잖아.

그래 맞아. 자석은 클립이나 못과 같은 철을 끌어당기고, 철은 자석에 잘 붙지.

 그리고 자석에는 S극과 N극이 있어. 다른 극이 다가오면 달라붙고, 같은 극이 다가오면 밀어내지. 냉장고 문이 저절로 닫히는 건 이런 자석의 성질 때문이라고.

음, 서로 같은 극이 다가오면……

이렇게 민단 말이야?

아야!! 너!

1. 다음 중 자석에 달라붙지 <u>않는</u> 물체는 무엇인가요? (   )

①
못

②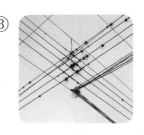
클립

③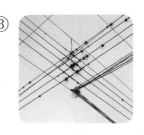
철사

④
유리병

 2. 다음 중 서로 끌어당기는 경우를 골라 ◯표 하세요.

(1)

(   )

(2)

(   )

 3. 우리 주변에는 냉장고 문 외에도 자석을 이용한 물건들이 많이 있습니다. 어떤 것이 있는지 두 가지 이상 써 보세요.

공놀이와 중력

아야!

죄송해요. 공 좀 던져 주세요.

으휴~!

저 우주까지 공을 날려 버릴 테다!

이히히히, 날 맞춘 벌이다.

피융

아야!

왜 공이 다시 내게로 떨어지지?

쯧쯧, 지구의 힘을 모르니 그렇지.

그러니까, 너도…… 으잉? 얘가 어디 갔지?

얘들아, 나도 같이 놀자.

지구는 지구 위에 있는 모든 물체를 잡아당기는 힘이 있어. 이걸 '중력'이라고 하지. 그래서 모든 물체는 아래로 떨어지는 거야. 만약 지구 밖으로 나가려면 중력을 이길 수 있을 만큼 큰 힘이 필요해.

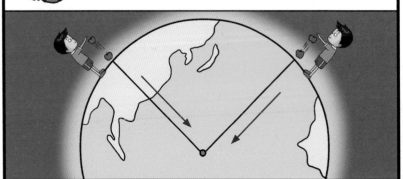

1. 다음 중 작용하는 힘이 <u>다른</u> 한 가지는 어느 것인가요? (   )

① 로켓이 우주로 날아간다.

② 사과나무에서 사과가 땅으로 떨어진다.

③ 사람이 지구에 발을 붙이고 설 수 있다.

④ 하늘로 던진 공이 다시 아래로 내려온다.

 2. 다음 빈칸에 들어갈 알맞은 말은 무엇인지 만화에서 찾아 쓰세요.

　지구가 지구 위에 있는 물체를 잡아당기는 힘인 □□ 은 지구 중심으로부터 멀수록 약해지고, 가까울수록 강해진다.

(   )

 3. 만약 지구의 중력이 작아진다면 어떻게 될지 상상하여 보기 와 같이 문장을 완성해 보세요.

3주 4일
학습 끝!

붙임 딱지 붙여요.

보기 　만약 지구의 중력이 작아진다면, 지구가 지구 위의 물체를 잡아당기는 힘이 작아져서 사람이 둥둥 떠다닐 것이다.

만약 지구의 중력이 작아진다면, 지구가 지구 위의 물체를 잡아당기는 힘이 작아져서 _____

_____

1 다음은 사람들이 집에서 생활하는 모습입니다. 생활 속에 숨어 있는 과학의 원리를 보기 에서 찾아 ( ) 안에 쓰세요.

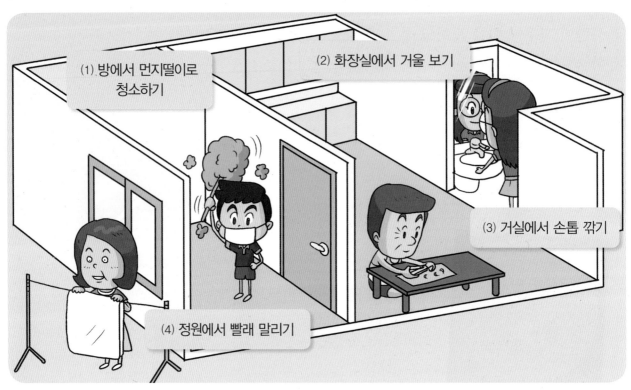

(1) 방에서 먼지떨이로 청소하기

(2) 화장실에서 거울 보기

(3) 거실에서 손톱 깎기

(4) 정원에서 빨래 말리기

보기	지레의 3요소	마찰 전기	빛의 반사	물의 증발

(1) ( ) (2) ( )

(3) ( ) (4) ( )

2 다음의 내용이 맞으면 ○표를, 틀리면 ✕표를 하세요.

(1) 공기는 부피도 있고, 무게도 있다.
( )

(2) 물은 증발을 할 수 없다.
( )

(3) 수평 잡기를 잘해야 시소를 잘 탈 수 있다. ( )

(4) 자석은 같은 극끼리 밀어낸다.
( )

3 다음과 같은 날씨에 어울리는 말을 골라 줄로 이으세요.

(1)

•

• ㉠  어이쿠, 피뢰침이 있어 다행이군.

(2)

•

• ㉡  빨래를 말리기 좋은 날씨네.

4 다음 빈칸에 알맞은 낱말을 보기 에서 골라 ( ) 안에 쓰세요.

보기   정전기   그림자   얼음   자석   철   증발   진자   진동   공기

(1)
비행기는 날개의 위와 아래의 ☐ 흐름과 압력 차이로 뜬다.

(   )

(2)
마찰 전기는 다른 말로 ☐ 라고 한다.

(   )

(3)
살짝만 밀어도 냉장고 문이 닫히는 이유는 ☐ 때문이다.

(   )

(4)
빛이 있어야 ☐ 가 생긴다.

(   )

궁금해요

생활 속에서 과학의 원리를 알아보는 실험

우리의 생활 속에는 많은 과학이 숨어 있어요. 단지 우리가 미처 알아차리지 못할 뿐이죠. 그럼 우리의 생활 속에 숨어 있는 과학을 한번 찾아볼까요?

그림자를 키워 보자!

준비물 두꺼운 종이, 연필, 가위, 셀로판테이프, 손전등

〈실험 과정〉

(1) 두꺼운 종이에 도깨비를 그려서 가위로 오립니다.

(2) 종이로 만든 도깨비를 셀로판테이프로 연필에 붙입니다.

(3) 불을 끄고, 손전등으로 종이 도깨비를 비춰 벽에 그림자가 나타나게 합니다.

(4) 종이 도깨비를 앞뒤 좌우로 움직여 그림자의 크기를 관찰합니다.

〈실험 결과〉

　손전등에서 나온 빛은 종이 도깨비를 통과할 수 없기 때문에 그림자가 생깁니다. 그런데 이 그림자는 종이 도깨비와 손전등이 멀어질수록 작아지고, 종이 도깨비와 손전등이 가까워질수록 커집니다.

　빛이 종이와 같은 물체를 통과할 수 없어서 그림자가 생깁니다. 그럼, 빛이 통과하는 물체에는 어떤 것이 있는지 써 보세요.

전기를 만들어 보자!

준비물 | 털가죽, 고무풍선 두 개, 실, 스탠드

〈실험 과정〉

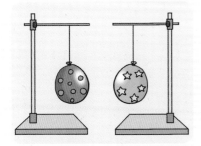  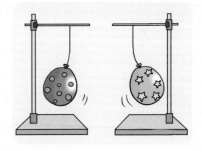

(1) 실에 매달린 두 개의 풍선을 각각 준비합니다. 이때 두 개의 풍선은 서로 닿지는 않지만 가까이 둡니다.

(2) 두 개의 풍선을 털가죽으로 각각 여러 번 문지릅니다.

(3) 털가죽으로 문지른 두 개의 풍선이 어떻게 되는지 관찰합니다.

〈실험 결과〉

　고무풍선을 털가죽으로 문지르면 고무풍선 두 개는 각각 같은 종류의 마찰 전기를 띠게 됩니다. 이렇게 같은 종류의 전기를 띠는 물체 사이에는 서로 미는 힘이 작용하므로 두 개의 풍선은 서로 밀어냅니다.

2　만약 고무풍선 한 개는 털가죽으로 문지르고 다른 한 개는 이 고무풍선과 정반대의 마찰 전기를 띠게 하는 플라스틱으로 문질렀다면, 두 개의 고무풍선은 어떻게 되었을지 써 보세요.

내가 할래요

우리의 생활 속에서 과학의 원리를 찾아봐요!

우리는 아침에 일어나서 잘 때까지 많은 일을 하고 또 많은 물건을 사용합니다. 이러한 우리의 생활을 살펴보면 여러 가지 과학이 숨어 있지요. 생활 속에서 과학적 원리가 궁금한 것들을 찾아보고, 보기 처럼 그림을 그리거나 사진을 찾아 붙인 다음, 원리를 조사하여 간단하게 설명해 보세요.

보기
(1) 생활 속 현상(모습): 비 온 뒤 하늘에 무지개가 떴다.
(2) 원리: 햇빛 속에는 여러 가지 색이 숨어 있다. 햇빛이 공기 속에 있는 물방울에 부딪치면 빛이 꺾이고 반사되면서 그 속에 숨어 있던 빨강, 주황, 노랑, 초록, 파랑, 남색, 보라색과 같은 여러 가지 색깔이 나오게 된다. 이것이 바로 무지개이다.

생활 속에서 과학 원리가 궁금했던 적 없니?

아주아주 많았지. 그걸 정리해 봐야겠네.

3주
학습 끝!

확인할 내용	잘함	보통	부족
1. 이번 주 학습을 5일(월요일~금요일) 안에 끝마쳤나요?			
2. 생활 속에 숨어 있는 여러 가지 과학의 원리를 잘 이해했나요?			
3. 생활 속에서 과학의 원리를 알아보는 실험을 잘할 수 있나요?			
4. 생활하면서 궁금했던 것을 과학적으로 조사할 수 있나요?			

여기에 사진을 붙이세요.

(1) 생활 속 현상(모습): ....

....

....

(2) 원리: ....

....

....

....

3주 5일
학습 끝!

붙임 딱지 붙여요.

전하는 말

4주

날씨와 생활

생각톡톡 오랜 옛날부터 날씨는 우리 생활에 많은 영향을 주었습니다. 날씨가 맑은 날에 하면 좋은 일을 생각나는 대로 써 보세요.

관련교과 [국어 3-1] 문단의 짜임을 생각하며 설명문 읽기 / 중심 문장과 뒷받침 문장을 구분하기
[과학 6-1] 낮과 밤, 계절에 따라 달라지는 지구를 자전 및 공전으로 설명하기

비를 내린 견우와 직녀

옛날 옛날 하늘 나라에 견우와 직녀가 살았습니다. 하늘 나라 임금님의 딸 직녀는 베를 잘 짰고, 견우는 소를 잘 돌보는 청년이었지요. 둘은 만나자마자 한눈에 반했답니다. 둘은 일을 안 하고 매일 놀러만 다녔지요. 매우 화가 난 하늘 나라 임금님은 견우와 직녀에게 벌을 내렸습니다.

"매일 놀기만 하다니! 직녀는 서쪽으로 가고, 견우는 동쪽으로 가거라! 서로 볼 수 없게 멀리 떨어져서 사는 벌을 내리겠다."

헤어지게 된 견우와 직녀는 일 년에 단 하루인 칠월 칠석날만 만날 수 있었답니다. 하지만 그마저도 은하수에 가로막혀 얼굴도 제대로 볼 수 없었지요. 견우와 직녀는 눈물을 흘렸고, 이 눈물은 비가 되었답니다. 이 때문에 칠월 칠석날이면 많은 비가 내려 홍수가 났지요.

"안 되겠어요. 우리 까마귀와 까치가 견우와 직녀를 만나게 해 줍시다."

이후 칠월 칠석날이면 까마귀와 까치가 길게 늘어서서 다리를 놓아 주었습니다. 그 덕분에 견우와 직녀는 만날 수 있었지요. 이때 만들어진 다리를 까마귀와 까치가 놓았다고 하여 '오작교'라고 부른답니다.

베 : 삼실, 무명실, 명주실 따위로 짠 천.
은하수 : 우주의 수많은 별들의 무리인 '은하'를 강(江)에 비유하여 이르는 말.

언어 1. 다음 중 이 글의 내용으로 알맞지 <u>않은</u> 것은 무엇인가요? (   )

① 견우와 직녀가 직접 다리를 만들었다.

② 까마귀와 까치가 길게 늘어서서 다리를 놓아 주었다.

③ 까마귀와 까치 덕분에 견우와 직녀는 만날 수 있었다.

④ 까마귀와 까치가 놓은 다리라 하여 '오작교'라고 부른다.

과학 탐구 2. 견우와 직녀가 일 년에 한 번 만나는 칠월 칠석날이면 많은 비가 내려 홍수가 났다고 하였습니다. 다음 중 홍수의 모습에 해당하는 것을 찾아 ◯표 하세요.

(1)

(   )

(2)

(   )

(3)

(   )

논술 3. 여러분도 견우와 직녀처럼 학교나 집에서 벌을 받은 적이 있나요? 벌을 받았던 경험을 보기 와 같이 써 보세요.

보기 (1) 벌의 내용: 서로 멀리 떨어져서 살기
(2) 벌을 받은 이유: 견우와 직녀가 일은 안 하고 놀러만 다녀서

(1) 벌의 내용: ....

(2) 벌을 받은 이유: ....

....

소를 두고 내기한 스님과 농부

뜨거운 여름날, 스님과 농부가 우연히 나무 그늘에서 만났습니다.

농부가 가뭄 걱정을 하자 스님이 장삼을 만지작거리며 말했습니다.

"걱정하지 마십시오. 해 지기 전에 비가 내릴 겁니다."

"에이, 스님! 이렇게 쨍쨍한 날, 무슨 비가 온단 말입니까?"

그래도 스님이 우기자 농사 경험이 많은 농부는 내기를 제안했습니다.

"스님 말씀대로 해 지기 전에 비가 오면 이 소를 드리지요."

그런데 갑자기 마른하늘에 천둥이 치더니 시커먼 비구름이 눈 깜짝할 사이에 몰려들고 장대 같은 빗줄기가 마구 쏟아지기 시작했습니다. 당황한 농부는 스님에게 비가 올 것을 어떻게 알았냐고 물었습니다.

"제가 입은 장삼이 눅눅해지는 것을 보고 알았지요. 땀은 곧 소금이니, 물기가 닿으면 눅눅해지지요. 이것은 공기 속에 물기가 많다는 증거 아니겠습니까? 내기에서는 제가 이겼지만 소는 농부님에게 꼭 필요하니 가져가세요."

스님이 떠나자마자 장대 같은 비가 뚝 그치고 하늘이 금세 맑아졌습니다. 그 후 여름에 갑자기 쏟아지다가 그치는 비를 '소나기'라고 불렀답니다.

장삼: 승려의 웃옷. 길이가 길고, 품과 소매가 넓게 만들어짐.

1. 다음 중 이 글의 내용과 일치하지 <u>않는</u> 것을 찾아 빈칸에 ✔표 하세요.

⑴ 스님은 비가 내릴 것이라고 생각했다. ☐

⑵ 아침부터 비가 내리려고 끄물끄물했다. ☐

⑶ 농부는 비가 내리지 않을 것이라고 생각했다. ☐

⑷ 마른날 갑자기 장대 같은 비가 왔다가 그쳤다. ☐

2. 다음에서 설명하는 것을 이 글에서 찾아 쓰세요.

- 갑자기 세차게 쏟아지다가 곧 그치는 비를 말한다.
- 여름에 잦으며 번개나 천둥, 강한 바람 등과 함께 온다.
- 소를 두고 내기를 했다는 '소 내기'라는 말에서 나왔다.

(   )

3. 스님은 보기 처럼 생각하여 비가 올 것을 미리 내다봤습니다. 날씨를 내다볼 수 있는 다른 예를 찾아 써 보세요.

보기   땀이 밴 옷이 눅눅해지면 곧 비가 온다는 징조이다.

여우가 시집갈 때 내리는 비

호랑이와 마주친 꾀 많은 여우는 살기 위해 머리를 썼습니다.

"사실 내가 너보다 힘이 더 세. 다른 동물들이 나를 얼마나 무서워하는지 볼래?"

여우가 무서운 기색 없이 당당하게 말하자 호랑이는 고개를 갸우뚱거리면서 앞서 가는 여우를 뒤따랐습니다. 그런데 정말 동물들이 겁을 먹고 도망치는 게 아니겠습니까? 그래서 호랑이는 여우가 자신보다 힘이 세다고 믿게 되었습니다.

한편 여우는 호랑이와 살면 무서울 게 없어서 좋겠다는 생각이 들었습니다. 그래서 어느 맑은 날, 호랑이와 여우는 결혼을 하게 되었지요.

그런데 그 모습을 안타깝게 지켜보던 이가 있었습니다. 그동안 여우를 짝사랑하던 구름이었지요. 구름은 바보같이 결혼식을 먼발치에서 바라만 보았습니다. 애써 환한 미소를 지어 보였지만 이내 눈물을 흘리고 말았지요. 그러자 맑은 하늘에 갑자기 비가 내렸습니다.

그 후로 사람들은 말했습니다.

"어! 맑은 날 비가 내리네?"

"여우가 시집가나 봐. 여우비가 오는 걸 보니……."

* **먼발치**: 조금 멀리 떨어진 곳.
* **여우비**: 볕이 나 있는 날 잠깐 오다가 그치는 비.

1. 이 이야기에서 맑은 날 하늘에서 비가 내린 이유로 알맞은 것은 무엇인가요?

( )

① 구름이 꾀 많은 여우에게 속은 호랑이가 안타까워 눈물을 흘려서

② 해님이 여우의 결혼식을 지켜만 보는 구름을 바보 같다고 놀려서

③ 짝사랑하는 여우의 결혼식을 본 구름이 웃어 보려 하였으나 눈물이 나서

④ 해님은 여우와 호랑이의 결혼식을 축하해 주었으나 구름은 축하하지 못해서

 2. 구름에 대한 다음 설명 중 옳은 것을 찾아 ◯표 하세요.

(1) 구름은 항상 같은 모양이다. ( )

(2) 구름의 색은 흰색 하나뿐이다. ( )

(3) 구름은 항상 제자리에 머물러 있다. ( )

(4) 날씨의 맑고 흐림을 구름의 양으로 나타낼 수 있다. ( )

 3. 맑은 날 잠깐 내리다 그치는 비를 여우비라고 하며, "여우가 시집간다, 호랑이가 장가간다."라고 표현합니다. 이 이야기와 관련지어 여우비에 새 이름을 붙이고, 그렇게 붙인 이유를 써 보세요.

4주 1일
학습 끝!

붙임 딱지 붙여요.

(1) 새 이름:

(2) 이유:

우리 속담 속의 날씨

우리의 속담 중에는 날씨에 대한 것이 많이 있습니다. 그중에는 동물의 움직임으로 날씨를 알려 주는 속담들이 있지요. '거미가 집을 짓는 날은 날씨가 맑다.'가 이에 해당합니다. 거미는 비가 오면 집을 짓지 않습니다. 비가 오면 곤충의 움직임이 없어서 사냥을 못 하기 때문이지요.

'지렁이가 땅 밖으로 나오면 비가 내린다.'와 '제비가 낮게 날면 비가 온다.'는 속담도 있습니다. 비가 오면 땅속에서 숨을 쉬기가 힘들어서 밖으로 나오는 지렁이와 비가 오기 전에 땅 가까이에 날아다니는 곤충을 잡아먹으려는 제비를 빗댄 속담이지요.

날씨에 대한 속담 중에는 우리 생활 모습을 담은 속담도 있습니다. '화장실이나 하수구 냄새가 심하면 비가 온다.'가 그 예입니다. 공기 중에 습기가 많아지면 냄새가 공기 중으로 잘 퍼지지 못하기 때문에, 화장실이나 하수구 냄새가 한곳에 머물러 있게 되어 생긴 속담이지요.

이렇게 속담을 살펴보면, 옛날부터 날씨의 변화를 매우 중요하게 생각했다는 것을 잘 알 수 있습니다.

 언어 **1. 이 글의 중심 내용은 무엇인가요? (   )**

① 거미는 흐린 날에는 거미줄을 치지 않는다.

② 우리의 속담 중에는 날씨와 관련된 것이 많다.

③ 우리의 속담 중에는 우리의 생활과 연관된 것이 많다.

④ 우리의 속담 중에는 동물의 움직임과 연관된 것이 많다.

 과학 탐구 **2. 다음 중 화장실이나 하수구 냄새가 심한 날의 하늘 모습으로 알맞은 것에 ◯표 하세요.**

(1)

(   )

(2)

(   )

 논술 **3. 다음은 날씨와 관련된 속담입니다. 이 중에서 하나를 골라 그 속담을 넣어서 문장을 만들어 보세요.**

• 비 온 뒤에 땅이 굳어진다. : 비에 젖어 질척거리던 흙도 마르면서 단단하게 굳어진다는 뜻으로, 어떤 어려움을 겪은 뒤에 더 강해짐을 빗대어 이르는 말.

• 번갯불에 콩 볶아 먹겠다. : 번쩍하는 번갯불에 콩을 볶아서 먹을 만하다는 뜻으로, 행동이 매우 빠르거나 급한 것을 빗대어 이르는 말.

계절의 변화

봄 여름 겨울 가을

　우리나라에는 봄, 여름, 가을, 겨울의 사계절이 있습니다. 사계절이 생기는 이유는 지구가 약간 기울어진 채로 태양의 주위를 돌아서 햇빛을 많이 받을 때도 있고, 덜 받을 때도 있기 때문입니다. 이렇듯 햇빛을 받는 양에 따라 계절이 달라지는 것이지요.

　지구가 햇빛을 받는 양은 태양이 뜨는 높이와 관련이 있습니다. 태양은 남쪽 하늘에 있을 때 가장 높이 떠서, 이때의 높이를 '태양의 남중 고도'라고 합니다. 태양의 남중 고도가 높을수록 낮의 길이가 길어지고, 지구가 햇빛을 많이 받아서 기온이 높아지게 됩니다. 이렇게 기온이 높아지는 날이 계속되면 여름이 되고, 반대로 태양의 남중 고도가 낮아 햇빛을 받는 양이 적으면 겨울이 되지요.

　사람들은 계절에 맞게 생활합니다. 여름에는 시원한 옷을 입고 냉방을 하며, 겨울에는 따뜻한 옷을 입고 난방을 합니다.

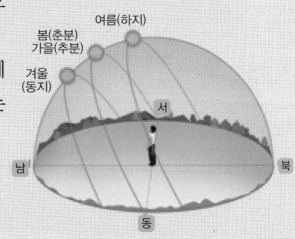

여름(하지)
봄(춘분)
가을(추분)
겨울
(동지)
서
남
북
동

▲ 계절에 따라 태양이 뜨는 높이

1. 다음 중 이 글의 내용과 일치하지 <u>않는</u> 것은 어느 것인가요? (   )

① 태양이 뜨는 높이에 따라 햇빛을 받는 양이 달라진다.

② 태양의 남중 고도가 높을수록 낮의 길이가 길어지고 기온이 높아진다.

③ 태양의 남중 고도가 낮을수록 낮의 길이가 짧아지고 기온이 낮아진다.

④ 사계절이 생기는 이유는 지구가 하루에 한 번씩 자전을 하기 때문이다.

 2. 다음 그림을 보고 알 수 <u>없는</u> 것은 무엇인가요? (   )

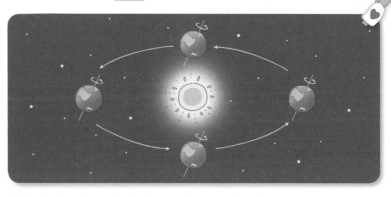

① 지구는 약간 기울어진 채로 태양의 주위를 돈다.

② 지구가 약간 기울어진 채로 스스로 도는 자전을 한다.

③ 지구가 약간 기울어진 채로 태양의 주위를 돌기 때문에 사계절이 생긴다.

④ 지구가 약간 기울어진 채로 태양의 주위를 돌 때마다 태양의 위치가 바뀐다.

 3. 계절의 특징이 잘 드러나도록 흉내 내는 말을 넣어 보기 와 같이 문장을 써 보세요.

> **보기** 봄: 새싹이 파릇파릇 돋아난다.

(1) 여름: _____

(2) 가을: _____

(3) 겨울: _____

한 해의 24절기

우리 조상들은 한 해를 24절기로 나누었습니다. 달력에 작은 글자로 '입춘'이나 '대한'과 같이 쓰인 것이 바로 절기이지요.

그럼 어떤 절기들이 있을까요? 먼저 봄의 시작인 '입춘'은 일 년의 행운을 비는 절기입니다. 비가 내리고 싹이 튼다는 '우수'가 지나면, 개구리가 겨울잠에서 깨는 '경칩'이 되지요. 이 외에도 봄에는 '춘분', '청명', '곡우'라는 절기가 있답니다.

여름의 시작을 알리는 '입하'를 비롯해서, 여름에는 '소만', '망종', '하지', '소서', '대서' 등의 절기가 있습니다. 이 중 '망종'은 볍씨를 뿌리는 시기를 알려 주지요.

그리고 가을에는 서늘한 바람이 불기 시작하는 '입추'를 지나 벼가 익는 '처서', 이슬이 내리는 '백로'가 있습니다. '추분', '한로'와 '상강'도 가을의 절기이지요.

겨울에는 '입동'을 시작으로 '소설', '대설'을 맞게 됩니다. 팥죽을 끓여 먹는 '동지'와 추운 '소한', '대한'을 보내며 봄을 기다린답니다.

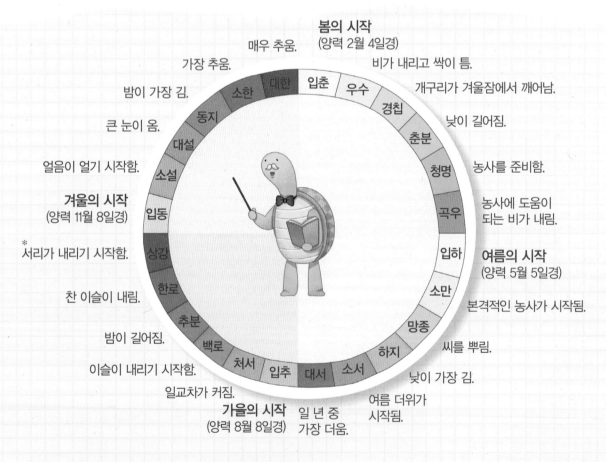

※ **절기**: 한 해를 스물넷으로 나눈, 계절의 표준이 되는 것.
※ **서리**: 대기 중의 수증기가 땅의 물체 표면에 얼어붙은 것.

1. 다음 친구들이 설명하는 것이 무엇인지 두 글자로 쓰세요.

 한 해를 스물넷으로 나눈 것을 말해.

 15일마다 계절의 표준을 제시하지.

 '입춘', '춘분', '하지', '대한' 등이 있어.

(   )

 2. 다음 설명에 해당하는 절기를 찾아 줄로 이어 보세요.

(1) 봄의 시작
(양력으로 2월 4일경) •

• ㉠ 청명

(2) 농사를 준비하는 시기
(양력으로 4월 5일경) •

• ㉡ 입동

(3) 일 년 중 낮이 가장 긴 시기
(양력으로 6월 21일경) •

• ㉢ 입춘

(4) 겨울의 시작
(양력으로 11월 8일경) •

• ㉣ 하지

3. 우리 조상들은 입춘이 되면 '입춘대길(立春大吉)'이라고 종이에 써서 대문에 붙여 두곤 했습니다. 새봄을 맞이하여 좋은 일이 많이 생기기를 바란다는 뜻이지요. 여러분은 봄을 맞아 어떤 말을 써서 대문에 붙이고 싶은지 써 보세요.

4주 2일
학습 끝!

붙임 딱지 붙여요.

장마와 가뭄, 황사

▲ 장마

날씨는 우리 생활에 많은 영향을 줍니다. 우리나라의 특징적인 날씨 가운데 우리 생활과 관련이 깊은 장마와 가뭄, 황사를 살펴볼까요?

'장마'는 여름철에 여러 날 동안 계속해서 비가 내리는 현상입니다. 북쪽에서 내려온 차가운 공기와 남쪽 바다에서 올라온 덥고 습기가 많은 공기가 만나면서 시작되지요. 둘이 힘겨루기를 하듯 우리나라를 위아래로 오르내리면서 오랫동안 많은 비를 뿌립니다.

장마와는 반대로 '가뭄'은 비가 오랫동안 내리지 않아 메마른 날씨입니다. 가뭄이 계속되면 농작물이 말라 시들고, 우리가 마실 물도 부족해지지요. 그래서 댐을 만들어서 장마 때 물을 많이 저장했다가 가뭄 때 사용합니다.

우리나라는 봄과 초여름에 하늘이 부옇게 되는 '황사'가 발생합니다. 황사는 '누런 모래'라는 뜻으로, 중국이나 몽골 사막 등지에 있는 모래와 먼지가 바람을 타고 우리나라로 날아오는 현상이지요. 황사가 오면 마스크를 하고 다니거나, 심할 경우 외출을 삼가는 것이 좋습니다.

▲ 가뭄

＊ **농작물**: 논밭에 심어 가꾸는 곡식이나 채소.
＊ **몽골**: 중국의 북쪽, 시베리아의 남쪽에 있는 나라.

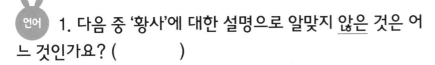 1. 다음 중 '황사'에 대한 설명으로 알맞지 <u>않은</u> 것은 어느 것인가요? (   )

① 황사는 '누런 모래'라는 뜻이다.

② 우리나라에는 나타나지 않는다.

③ 우리나라에서는 봄과 초여름에 나타난다.

④ 황사가 오면 마스크를 하고 다니는 것이 좋다.

 2. 다음에서 설명하는 현상은 무엇인지 이 글에서 찾아 두 글자로 쓰세요.

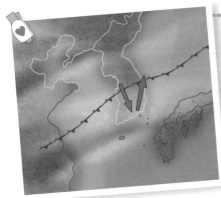

여름철에 여러 날 동안 계속해서 비가 내리는 현상을 말한다. 북쪽에서 내려온 차가운 공기와 남쪽 바다에서 올라온 덥고 습기가 많은 공기가 만나면서 시작된다. 6월 하순부터 7월 하순까지 둘이 힘겨루기를 하듯 우리나라를 오르내리며 계속 비를 뿌리다가 사라진다.

(   )

3. '가뭄'으로 인한 피해는 무엇이 있고, 그것에 대비하는 방법에는 어떤 것이 있는지 써 보세요.

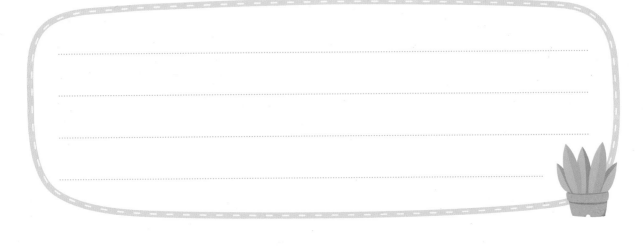

121

날씨에 따른 우리나라의 집

옛날부터 우리 조상들은 사는 곳의 날씨에 알맞게 집을 짓고 살았습니다. 우리 조상들의 집을 살펴볼까요?

먼저 '초가집'은 주로 상민*이 살던 집으로, 지붕에 짚*이나 갈대 등을 얹어 만들었습니다. 짚은 여름에는 집 안의 습기를 없애 주고, 겨울에는 습기를 적당히 내보내며 집 안의 습기를 조절해 주지요.

눈이 많이 내리는 울릉도에는 '투막집'이 있었습니다. 주로 통나무로 만드는데, 방이 세 개 정도 있었지요. 투막집에

▲ 초가집

는 눈이 집 안으로 들어가지 못하게 막아 주는 '우데기'라는 특이한 벽이 있었습니다. 우데기는 옥수숫대를 엮어서 만든 것으로, 지붕의 처마 끝에서부터 땅에 닿는 부분까지 집 둘레를 돌아가며 막은 것입니다.

제주도의 전통 가옥 또한 바람이 많이 부는 제주도에 알맞게 지어진 집입니다. 보통 초가집 바깥쪽에 돌로 나지막한 담을 쌓아 바람을 막았습니다. 또한 짚으로 덮은 지붕은 굵은 밧줄을 바둑판 모양으로 얽어 놓았지요. 이것 역시 거센 바람에 잘 견디기 위한 방법이었습니다.

▲ 제주도의 전통 가옥

이처럼 우리 조상들은 비바람이 불고 눈보라가 치는 험한 날씨를 지혜롭게 이겨 내는 방법을 찾아 집을 짓고 살았답니다.

＊ **상민**: 예전에, 양반이 아닌 보통 백성을 이르던 말.
＊ **짚**: 벼, 보리, 밀, 조 따위의 이삭을 떨어낸 줄기와 잎.

1. 이 글에서 설명하고 있는 것은 무엇인가요? (   )

① 다른 나라의 집

② 눈이 많이 내리는 울릉도의 집

③ 우리나라 전통 건축의 아름다움

④ 날씨에 알맞게 지은 우리나라의 여러 집

 2. 다음에서 설명하는 집은 무엇인가요? (   )

    눈이 많이 내리는 울릉도에 있는 집이다. 창문은 한 군데도 없으며, 사람이 겨우 드나들 수 있는 방문은 일반 문들과는 달리 대나무로 엮었다. 눈이 집 안으로 들어가지 못하게 막아 주는 '우데기'라는 특이한 벽이 있으며, 가축을 기르는 곳을 부엌 가까이에 두어 가축에게 먹이를 쉽게 줄 수 있도록 하였다.

① 천막   ② 투막집   ③ 아파트   ④ 제주도의 전통 가옥

3. '제주도의 전통 가옥'은 바람이 많이 부는 제주도에 알맞게 지어진 집입니다. 제주도의 특성에 알맞게 여러분이 집을 짓는다면 어떤 집을 짓고 싶은지 그림을 그리고 설명해 보세요.

날씨에 따른 세계의 집

세계 여러 나라에는 그 나라의 날씨에 알맞게 지어진 다양한 집들이 있습니다.

먼저 비가 많이 내리고 기온이 높은 캄보디아에는 '수상 가옥'이 있습니다. 수상 가옥은 물 위에 지은 집으로, 학교나 다른 지역으로 이동할 때 배를 타야 합니다. 주로 주변에서 구하기 쉬운 나무로 집을 짓는데, 물 위에 있어서 집 안이 시원합니다. 집 주변의 물이 증발하면서 뜨거운 열을 가져가기 때문이지요. 수상 가옥은 캄보디아 외에도 미얀마 남부나 베트남, 필리핀 등지에서 볼 수 있습니다.

눈이 많이 내리는 알프스산맥에서는 지붕이 삼각형 모양인 집들을 많이 볼 수 있습니다. 눈이 많이 내려도 지붕에 쌓이지 않고 아래로 흘러내릴 수 있도록 기울기를 가파르게 만든 것이지요. 아마 지붕이 평평한 모양이었다면 눈의 무게를 감당하지 못하고 지붕이 폭삭 내려앉았을 것입니다.

꽁꽁 얼어붙은 북극의 알래스카에는 '이글루'라는 집이 있습니다. 얼음을 벽돌 모양으로 잘라 만든 집인데, 북극의 차갑고 매서운 바람을 잘 견딜 수 있도록 집 모양을 둥글게 만든 것이 특징입니다.

※ 수상: 물의 위를 말함.

1. 이 글의 내용과 일치하지 <u>않는</u> 것은 무엇인가요? (   )

① 이글루는 북극의 알래스카에서 볼 수 있다.

② 알프스산맥에 있는 집의 지붕은 삼각형 모양이다.

③ 이글루는 얼음을 벽돌 모양으로 잘라 둥글게 만든 집이다.

④ 수상 가옥은 차가운 북극 바람에도 잘 견딜 수 있도록 만들어졌다.

 2. 다음 사진과 글에서 설명하는 집은 무엇인가요? (   )

　물 위에 있는 집으로 학교나 다른 지역으로 이동할 때 배를 타고 다닌다. 주로 주변에서 구하기 쉬운 나무로 집을 짓는데, 물 위에 있어서 집 안이 시원하다. 비가 많이 내리는 캄보디아나 베트남 등지에서 주로 볼 수 있다.

① 아파트　　　　② 초가집　　　　③ 이글루　　　　④ 수상 가옥

 3. 알프스산맥에 투막집을 짓는다면 어떤 장점과 단점이 있을지 여러분의 생각을 써 보세요.

(1) 장점:

(2) 단점:

▲ 알프스산맥의 집들

4주 3일
학습 끝!

붙임 딱지 붙여요.

작은 기상 관측소, 백엽상

　날씨를 알아보기 위해서는 어떤 기구가 필요할까요? 기온을 알기 위해서는 온도계가, 공기 중에 물기가 많고 적음을 알기 위해서는 습도계가, 바람의 방향을 알기 위해서는 풍향계가 필요합니다.

　우리 주변에 이러한 기구들을 모아 놓은 곳이 있습니다. 바로 학교에서 볼 수 있는 '백엽상'입니다. 백엽상은 작은 집 모양의 나무 상자로, 100여 개의 나뭇조각을 조립해 만들었다는 데서 붙여진 이름이지요. 백엽상의 벽은 비늘처럼 만들어져서 바람이 잘 통합니다. 그리고 햇빛을 잘 흡수하지 않도록 흰색으로 칠했으며 잔디나 풀밭에 세웁니다.

　백엽상 안에는 하루 중 가장 낮은 기온과 가장 높은 기온을 재는 최저 온도계와 최고 온도계가 있습니다. 또한 시간에 따른 온도와 습도의 변화를 자동적으로 기록하는 자기 온도계와 자기 습도계도 있지요.

　그런데 온도계들은 잔디나 풀밭에서 약 150센티미터 높이에 설치됩니다. 왜냐고요? 땅은 한여름에 햇빛을 쬐면 온도가 올라가게 되거든요. 그래서 땅바닥에서 온도를 재면 땅의 높아진 열까지 재게 되기 때문에 바닥에서 어느 정도 떨어진 높이에 온도계를 설치하는 것입니다.

　이렇게 날씨를 알려 주는 여러 기구가 들어 있는 백엽상은 작은 기상 관측소라 불릴만 하지요.

1. 다음 기구에 대한 설명을 찾아 알맞게 선으로 이어 보세요.

(1) 온도계 •
(2) 습도계 •
(3) 풍향계 •

• ㉠ 습도를 알려 주는 기구
• ㉡ 기온을 알려 주는 기구
• ㉢ 바람의 방향을 알려 주는 기구

 2. 백엽상을 관찰한 내용 중 알맞지 <u>않은</u> 것은 무엇인가요? (   )

① • 모양: 비늘 모양의 벽
• 까닭: 바람이 잘 통하게 하기 위해서

② • 색깔: 흰색
• 까닭: 햇빛을 잘 흡수하지 않도록 하기 위해서

③ • 들어 있는 기구: 최저 온도계, 최고 온도계, 자기 온도계, 자기 습도계 등

④ • 온도계 위치: 잔디밭에서 약 50센티미터 떨어진 높이
• 까닭: 더 정확한 기온을 알기 위해서

 3. 기온을 백엽상에서 측정해야 하는 이유는 무엇인지 여러분의 생각을 한 문장으로 써 보세요.

127

기상청과 다양한 기상 관측

날씨를 미리 알려 주는 일기 예보는 기상청에서 만듭니다. 전국에 있는 기상 관측소에서 기온과 습도, 비의 양과 바람 등을 조사하면, 기상청은 이 자료들을 모으고 분석하여 일기 예보를 만듭니다.

▲ 기상 레이더

기상 레이더와 라디오존데

기상청에서 날씨 정보를 얻는 곳은 땅, 하늘, 바다 곳곳에 있습니다. 땅에서는 백엽상에 있는 기구로 땅 위의 온도와 습도 등을 알 수 있지요. 바다에서는 '해양 기상 관측선'으로 먼바다의 날씨 상태를 알 수 있고, 하늘에서는 '기상 레이더'와 '라디오존데' 등과 같은 장비로 공기 중의 구름 상태와 습도, 바람의 방향 등을 알 수 있습니다.

기상 레이더는 전파를 구름에 쏘아서 되돌아오는 전파를 조사하여 비구름이 있는 구역과 상태 등을 관찰하는 기구입니다. 또 라디오존데는 풍선 같은 기구에 실려 하늘로 올라가면서 그 높이에 따라 습도, 온도, 공기의 압력, 바람의 방향 등을 지상에 알려 주는 기구이지요.

기상 위성

'기상 위성'은 기상 관측을 위한 인공위성입니다. 우주 공간에서 지구의 하늘을 관찰하여 계속해서 구름 사진을 보내 주지요. 이런 기상 위성을 비롯하여 기상 관측 기술은 하루가 다르게 발달하고 있습니다. 최첨단 기술을 이용한 일기 예보로 우리 생활은 더욱 편안해질 것입니다.

▲ 기상 위성

※ **해양 기상 관측선**: 날씨 관측을 목적으로 하는 배.
※ **인공위성**: 지구 따위의 행성 둘레를 돌도록 로켓을 이용하여 쏘아 올린 장치.

언어 1. 보기 의 밑줄 친 '일기'와 다른 뜻으로 쓰인 것은 무엇인가요? (   )

보기 날씨를 미리 알려 주는 일기 예보는 기상청에서 만듭니다.

① 따뜻한 일기가 계속되고 있다.   ② 동생은 자기 전에 일기를 쓴다.

③ 일기 예보로 생활이 편리해졌다.   ④ 내일은 일기의 변화가 크다고 한다.

 사회 탐구 2. 다음은 일기 예보 순서입니다. 이런 순서를 거쳐서 일기 예보를 하는 곳은 어디인가요? (   )

(1) 기상(날씨) 관측: 여러 기상 관측소에서 기상을 관측한다.
(2) 일기 자료 수집: 여러 기상 관측소에서 관측한 자료를 수집한다.
(3) 일기 자료 분석: 슈퍼컴퓨터 등으로 자료를 분석한다.
(4) 일기도 작성: 분석된 일기 자료로 일기도를 작성하고, 기상 예보관들이 협의하여 일기 예보를 확정한다.
(5) 일기 예보 전달: 일기 예보를 방송국, 신문사, 인터넷 회사 등에 전달한다.

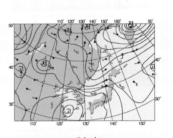
▲ 일기도

① 학교   ② 경찰서   ③ 방송국   ④ 기상청

 논술 3. 기상 위성에서 구름 사진을 찍어 지구로 보내 주면 어떤 점이 좋을지 생각하여 써 보세요.

일기 예보와 일기 기호

> 내일 아침 중부 지방은
> 평년과 같은 기온을 보이겠으며
> 그 밖의 지방도
> 이와 비슷하겠습니다.
> 전국적으로 흐리거나
> 구름이 조금 있는 날씨로
> 비 소식은 없습니다.

텔레비전을 보면 뉴스의 끝부분에 항상 나오는 게 있어요. 바로 '일기 예보'이지요. 일기 예보란 날씨의 변화를 예측하여 미리 알리는 일입니다. 날씨의 변화를 자세히 알기 위해 날씨를 연구하는 사람들은 기상 레이더나 기상 위성 등을 통해 구름의 상태와 바람의 방향 등을 알아봅니다. 기상청에서는 이 자료들을 모으고 분석하여 일기 예보를 발표하지요. 사람들이 내일의 날씨가 어떨지, 주말의 날씨가 어떨지 궁금해하기 때문입니다.

일기 예보는 아침에 미리 우산을 준비할지, 어떤 옷을 입고 나갈지를 결정하는 데 도움을 줍니다. 태풍, 홍수, 가뭄에 대비하거나 항공기의 운항 등에도 중요한 자료가 되지요. 또 농사를 짓고 고기를 잡거나 건설을 하는 사람들에게는 직접적인 영향을 주며, 소풍을 가거나 등산을 즐기는 사람에게도 중요한 참고 자료가 됩니다.

맑음	구름 조금	구름 많음	흐림	흐리고 비	비

▲ 일기 예보에 쓰이는 여러 가지 날씨 기호

※ **예측**: 미리 헤아려 짐작함.

사회 탐구 1. 일기 예보를 알아보는 방법이 적절하지 <u>못한</u> 친구는 누구인가요? (   )

① 텔레비전 뉴스를 봤어.

② 날씨를 안내해 주는 131번으로 전화했어.

③ 교과서에서 열심히 찾아봤어.

④ 인터넷으로 날씨 정보를 검색해 봤어.

 과학 탐구 2. 다음 날씨에 대비하는 방법을 찾아 선으로 이으세요.

(1) 태풍이 불기 전   •

(2) 눈이 내리기 전   •

(3) 구름이 많이 끼기 전   •

• ㉠ 비행기의 운항을 통제할 수 있도록 준비한다.

• ㉡ 빙판길이 되지 않도록 도로에 뿌릴 모래를 준비한다.

• ㉢ 바람에 날아갈 수 있는 것을 단단히 묶어 두고 배를 선착장에 단단히 매어 둔다.

논술 3. 일기 예보를 통해 날씨를 미리 알면 어떤 점이 좋을까요? 보기 와 같이 여러분의 생각을 써 보세요.

보기 날씨에 맞춰 옷차림을 준비할 수 있다.

4주 4일 학습 끝!

붙임 딱지 붙여요.

| 날씨에 알맞게 지어진 다양한 집들이 있습니다. 보기 에서 알맞은 집을 찾아 (   )
안에 쓰세요.

보기   울릉도의 투막집   제주도의 전통 가옥   수상 가옥
      초가집   알래스카의 이글루   알프스산맥의 집

(1)

(   )

(2)

(   )

(3)

(   )

(4)

(   )

(5)

(   )

(6)

(   )

2 일기 예보 순서에 맞게 그림의 번호를 빈칸에 쓰세요.

①

기상청에서 날씨 자료를 수집하여 분석한다.

②

기상청에서는 일기 예보를 방송국, 신문사, 인터넷 회사 등에 전달하여 발표한다.

③

여러 기상 관측소에서 다양한 기구를 이용하여 날씨를 관측한다.

④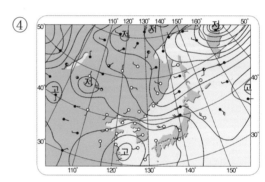

기상청에서 분석된 일기 자료로 일기도를 작성하고, 기상 예보관들이 협의하여 일기 예보를 확정한다.

일기 예보를 하기 위해서는 일이 어떤 순서로 진행되어야 하는지 잘 생각해 보면 돼요.

일기 예보를 위해 이렇게 많은 과정이 필요하군요.

◯ → ◯ → ◯ → ◯

133

무시무시한 날씨

하늘에서 내리는 비로 식물들이 무럭무럭 자라고, 햇빛이 비추어 빨래를 말리고, 바람이 불어와 땀을 식히지요. 이렇게 고마운 날씨이지만 가끔은 무시무시할 때도 있어요. 그게 언제냐고요? 지금부터 함께 살펴보아요.

태풍

태풍은 열대 지방의 바다 위에서 생기는 열대 저기압(주위에 비해 공기의 압력이 낮은 부분)으로, 강한 비바람을 몰고 다닙니다. 특히 태풍의 중심 부분에서 부는 바람의 속도는 1초에 17미터 이상이나 될 정도로 거세지요. 이렇게 무서운 바람과 함께 물 폭탄을 몰고 다니는 태풍은 홍수나 산사태 등으로 큰 피해를 줄 수 있으므로 잘 대비해야 합니다.

태풍은 발생하는 지역에 따라 이름이 다릅니다. 북태평양 서남부에서 발생하는 것은 '태풍', 멕시코만과 북태평양 동부에서 발생하는 것은 '허리케인', 인도양과 오스트레일리아 부근의 남태평양에서 발생하는 것은 '사이클론'이라고 부르지요.

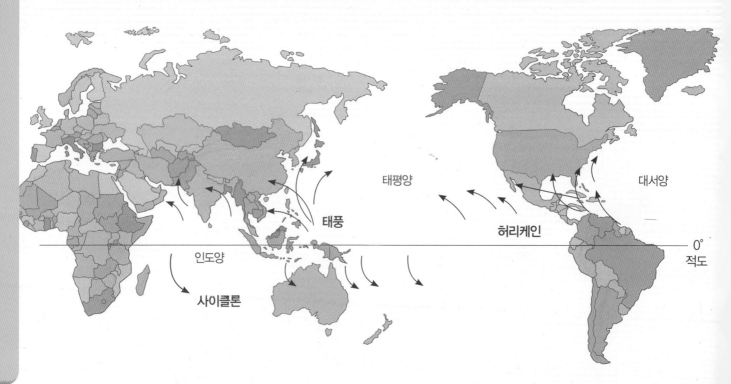

태풍은 같은 지역에서 여러 개가 비슷한 시기에 발생할 수 있습니다. 그러면 일기 예보를 하는 데 혼동을 빚을 수 있으므로 이를 피하기 위해서 태풍에 각각 이름을 붙이고 있습니다. 이 이름은 각 국가별로 태풍 위원회에 제출한 것을 이용합니다. 태풍 위원회에서는 각 국가에서 보내온 총 140개의 태풍 이름을 돌아가며 사용하고 있지요. 우리나라에서도 '개미, 나리, 장미, 미리내, 노루, 제비, 너구리, 고니, 메기, 독수리' 등을 태풍 이름으로 제출했습니다.

토네이도

빙빙 도는 회오리바람 중에 가장 강한 바람은 '토네이도'입니다. 토네이도는 흐린 하늘에서 빙글빙글 돌던 구름이 깔때기 모양으로 땅에 내려오면서 시작되지요.

땅과 하늘을 잇는 구름 기둥이 빨아들이는 힘은 어마어마합니다. 흙먼지뿐만 아니라 자동차나 동물을 엄청난 속도로 빨아올렸다가 내동댕이치지요. 건물들을 부수고 나무를 뿌리째 뽑기도 합니다.

토네이도는 주로 미국 중부 지역에서 발생합니다. 몇 시간 동안 계속되기도 하는데, 어디로 갈지 짐작조차 할 수 없을 정도로 변화가 심한 것이 특징입니다.

✏️ 여러분이 우리나라를 대표해서 태풍 위원회에 태풍 이름을 제출한다면 어떤 이름을 제출할지 열 개만 써 보세요.

내가 할래요

일기 예보를 해 봐!

┃ 일기 예보에 쓰이는 일기 기호를 떠올려 보세요. 그리고 다음 빈칸에 여러분만의 일기 기호를 만들어 보세요.

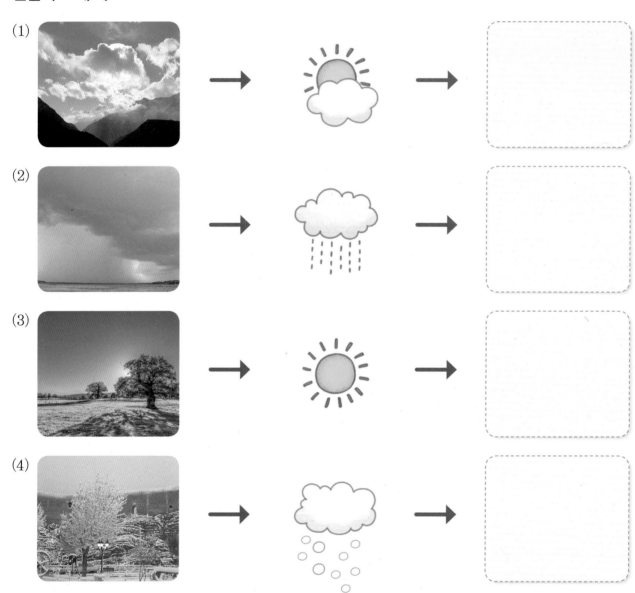

확인할 내용	잘함	보통임	부족함
1. 이번 주 학습을 5일(월요일~금요일) 안에 끝마쳤나요?			
2. 날씨와 관련된 이야기나 속담을 재미있게 읽었나요?			
3. 여러 가지 날씨와 관련된 현상을 알아보았나요?			
4. 날씨에 따라 달라지는 생활의 특징을 말할 수 있나요?			

2 다음 그림을 보고 기상 캐스터가 되어 일기 예보를 해 보세요.

1주 그리스 로마 신화

1주 11쪽 · 생각 톡톡

예 하느님이 방귀를 뀐 것이다.

1주 13쪽

1 ① 2 ② 3 예 앞이 보이지 않아 서로 부딪히게 되어 싸움이 끊이지 않을 것이다.

1 '카오스'는 모양도 질서도 없는 어둠뿐인 혼돈의 상태를 일컫습니다.

2 낮은 해가 뜰 때부터 질 때까지를 말합니다.

3 무질서 속에서의 생활을 상상해 봅니다.

1주 15쪽

1 (1) ㉠ (2) ㉢ (3) ㉡ 2 밤 3 예 이번엔 다른 걸 만들어 보자.

1 가이아는 대지, 우라노스는 하늘의 신입니다.

2 밤은 해가 져서 어두워진 때부터 다음 날 해가 떠서 밝아지기 전까지를 말합니다.

3 '권유하는 문장'은 어떤 일을 같이하자고 권할 때 씁니다.

1주 17쪽

1 ② 2 ② 3 예 (1) 동시에 100개의 일을 하겠다. (2) 50개의 문제를 동시에 풀겠다.

1 "정말 보기 싫어!"의 뜻을 생각합니다.

2 땅은 흙이나 토양을 말합니다.

3 남다른 생김새를 이용하여 잘할 수 있는 일을 생각합니다.

1주 19쪽

1 ② 2 ① 3 예 그렇다고 자신의 아이를 삼키다니 너무 잔인하군요!

1 레아가 낳은 아기를 삼킨 이는 크로노스입니다.

2 '그래서'는 앞의 내용이 뒤의 내용의 원인이나 근거, 조건 등이 될 때 쓰는 말입니다.

3 자신의 아이를 삼키는 크로노스에게 어떤 말을 해 줄 것인지 생각해 봅니다.

1주 21쪽

1 제우스, 포세이돈, 하데스 2 번개 3 예 제우스에게 강한 바람을 일으키는 부채를 만들어 줄 것이다.

1 제우스에겐 번개를, 포세이돈에게는 삼지창을, 하데스에겐 투구를 만들어 주었습니다.

2 번개는 천둥을 동반합니다.

3 싸움에서 이길 수 있는 도구를 생각합니다.

1주 23쪽

1 (1) ㉣ (2) ㉠ (3) ㉡ (4) ㉢ 2 제우스 3 예 나는 아폴론이 가장 좋다. 왜냐하면 내가 좋아하는 음악의 신이기 때문이다.

1 데메테르는 땅과 곡식을 돌보았고, 하데스는 죽음의 세계를 다스렸고, 포세이돈은 바다와 강을 다스렸으며, 아프로디테는 사랑과 미의 여신입니다.

2 그리스 최고의 신은 제우스입니다.

1 ⓒ, ⓛ, ⓡ, ⓣ   **2** ④   **3** 예 나는 유서를 쓰겠다. 왜냐하면 내가 어떻게 살았는지 남기고 싶기 때문이다.

2 한꺼번에 비가 많이 내리는 게 홍수입니다.

3 가장 의미 있는 일이나 평소 하고 싶었던 일 등을 생각해 봅니다.

1 (1) 남자 (2) 여자   **2** 해설 참조   **3** 예 사람의 모습을 조각하게 하여 데우칼리온이 판 건 남자가, 피르하가 판 건 여자가 되게 했을 것이다.

2

글자 짜임	세	상
첫소리	ㅅ	ㅅ
가운뎃소리	ㅔ	ㅏ
끝소리		ㅇ

• 사전에서 찾은 뜻: 사람이 살고 있는 모든 사회를 통틀어 이르는 말.

1 (1) ⓛ (2) ⓣ   **2** (2) ○   **3** 예 20년 후 나는 무슨 일을 할까요?

1 네레우스는 자신의 모습을 돌고래나 물뱀 등으로 자유롭게 바꿀 수 있었습니다.

2 방파제는 높은 파도를 막기 위한 것입니다.

3 미래를 내다보는 능력이 있는 신화 속 인물을 만난다면, 앞날에 대해 무엇이 궁금한지 생각하여 묻고 싶은 말을 써 봅니다.

1 (1) 낫 (2) 일어났다   **2** (1) 제피로스 (2) 아프로디테 (3) 탈로   **3** 예 거품이 물 위에 떠서 잘 보이는 것처럼 아름다움은 눈에 잘 띄기 때문이다.

1 '낫'은 곡식, 나무, 풀 따위를 베는 데 쓰는 농기구이고, '낮'은 해가 뜰 때부터 질 때까지를 말합니다.

2 조개껍데기에 올라탄 건 아프로디테이고, 바람을 일으켜 아프로디테를 땅으로 민 것은 제피로스이며, 아프로디테에게 옷을 입힌 건 탈로였습니다.

3 아름다움과 거품의 특성을 잘 연결시켜서 생각해 봅니다.

1 (1) 살랑살랑 (2) 후드득   **2** ③   **3** 예 세상 사람들은 부드럽고 아름다운 것을 원해. 난 꽃과 봄의 여신들과 힘을 모아 세상을 그렇게 만들 수 있으니까, 이 제피로스가 최고야.

1 '살랑살랑'은 조금 사늘한 바람이 가볍게 자꾸 부는 모양을 흉내 내는 말입니다. '후드득'은 비가 갑자기 세게 오는 소리나 모양을 흉내 내는 말입니다.

2 풍력이란 '바람의 힘'을 뜻합니다.

3 각 신들의 장점을 생각해 봅니다.

1 ③   **2** (1) ○ (2) ○   **3** 예 (1) 친구들과 놀 것이다. (2) 책을 많이 읽을 것이다.

1 페르세포네는 데메테르의 딸로 하데스에게 잡혀 저승에 가게 되었습니다.

2 데메테르가 페르세포네를 만나는 여섯 달 동안은 따뜻하고 풍요로운 봄과 여름이 되었다고 하였습니다.

3 페르세포네에게 이승에서의 생활은 즐겁고 신나겠지만, 저승에서의 생활은 힘들었을 것입니다. 그런 시간을 보내기에 알맞은 방법을 떠올려 봅니다.

1주 36~37쪽　되돌아봐요

1 (1) 에레보스 (2) 가이아 (3) 크로노스 (4) 제우스 (5) 포세이돈 (6) 트리톤 (7) 아프로디테 (8) 데메테르　2 (순서대로) ③, ②, ⑤, ④, ⑥, ⑦, ⑧

1 각 신의 특징을 잘 떠올려 봅니다.

2 일이 일어난 순서대로 나열해 봅니다.

1주 39쪽　궁금해요

예 사랑을 한다. 미워한다. 화를 낸다. 싸운다. 자식을 낳는다.

● 열두 신의 이름과 하는 일, 성격 등을 생각해 보고 사람과 비교해 봅니다.

1주 41쪽　내가 할래요

예 흙으로 남자를, 물로 여자를 만들어서 서로가 부족한 점을 채울 수 있도록 할 것이다. 그리고 모든 사람이 뛰어난 능력을 하나씩 가지고 있어서 그 능력을 발휘하며 평화롭게 살 수 있는 세상을 만들 것이다.

● 여러분이 꿈꾸는 세상을 생각해 봅니다.

2주　북극 소년 피터

2주 43쪽　생각 톡톡

예 북극에 사는 사람들은 잘 때에도 두꺼운 옷을 입을 것이다.

2주 45쪽

1 ㉠　2 ㉡　3 예 이누이트 소년, 썰매를 타고 얼음 위를 씽씽 달리고

1 '북극해'는 북극을 중심으로 북아메리카 대륙과 유라시아 대륙 사이에 있는 바다를 말합니다. ㉡은 인도양, ㉢은 태평양, ㉣은 대서양입니다.

2 북극에 태양 빛이 비치지 않는 그림을 찾습니다.

2주 47쪽

1 (1) ㉡ (2) ㉠　2 바다코끼리　3 예 "잘 달려 줘서 고마워! 앞으로도 잘 부탁해."

2 바다코끼리는 몸무게가 약 3톤, 몸길이가 약 3.5미터에 이를 만큼 몸집이 큽니다.

3 고마움을 담은 말이나 칭찬하는 말을 할 때에는 진심을 담아서 말해야 합니다.

2주 49쪽

1 ④　2 일각돌고래　3 예 썰매가 잘 달리지 못해 사람과 썰매 개 모두 고생을

1 밑줄 친 '선하다'는 잊히지 않고 눈앞에 생생하게 보이는 듯하다는 뜻입니다.

2 일각돌고래는 머리의 등 쪽에 작은 무늬가 많고, 등지느러미가 없습니다.

3 어떤 일의 원인을 뜻하는 '때문' 앞에 들어갈 알맞은 내용을 찾아봅니다.

2주 51쪽

1③ **2**(1)X(2)○(3)○(4)○ **3**예 피터는 엄마를 도와드리지 않고 놀아서 엄마에게 미안했다.

1 활짝 웃는 피터에게 어울리지 않는 말을 찾아봅니다.

2 북극은 한여름에도 섭씨 10도를 넘지 않아 춥지만, 툰드라 지역에는 꽃과 이끼, 키가 작은 풀이 자랍니다.

3 이 글의 '피터는 정신없이 놀다가 미안했는지'에서 미안한 이유를 알 수 있습니다.

2주 53쪽

1(1)○(2)X(3)○(4)○ **2**④ **3**예 하늘을 나는 신발을 만들어 가고 싶은 곳에 마음대로 가고 싶다.

1 예전에 피터의 할아버지와 아버지는 여름에 사냥을 다녔습니다.

2 북극이 점점 더워져서 빙산이 계속 녹고 있습니다.

3 '–면'은 연결하는 말로, 아직 이루어지지 않은 일을 상상하여 말할 때 씁니다.

2주 55쪽

1④ **2**백야 **3**예(1) 밤에도 환해서 무섭지 않다. (2) 밤과 낮 시간을 잘 구분할 수 없다.

1 북극에서는 채소를 구하기 힘듭니다.

2 백야는 태양이 계속 비춰 밤에도 어두워지지 않고 환한 현상을 말합니다.

3 낮과 같이 환한 밤이 계속되면 어떨지 상상해 봅니다.

2주 57쪽

1② **2**북극여우 **3**예 북극 늑대 대여섯 마리가 모여 다니면서 순록과 토끼를 사냥하는 것을 보았고, 북극여우가 바위틈에 먹이를 숨겨 두는 것을 보았다.

1 이 글에서 피터의 아버지는 마을 어른들과 순록을 잡았습니다.

2 북극여우는 겨울에 털이 눈과 같은 흰색이 되어 눈에 잘 띄지 않습니다.

3 글에서 피터의 아버지가 하는 말을 읽어 보면, 피터의 아버지가 본 것을 알 수 있습니다.

2주 59쪽

1② **2**(1)X(2)○(3)X(4)○ **3**예 나는 이번 겨울에 뜨개질을 하고 싶다. 그래서 실과 바늘을 준비할 것이다.

1 피터네 집은 순록의 가죽과 고기로 겨울을 준비하고 있습니다.

3 겨울에 하려고 마음먹은 것과 그것을 하기 위한 준비물을 생각해 봅니다.

2주 61쪽

1 (1) X (2) ○ (3) ○ (4) ○   2 더워지고, 줄어들고, 줄어들고   3 예 북극곰아, 네가 많이 힘들어한 다는 얘기를 들었어. 정말 미안해. 앞으로는 자연 을 아끼고 사랑해서 네가 살고 있는 북극의 얼음 이 줄지 않도록 노력할게. 그러니 너도 힘을 내!

1 피터의 아버지는 이웃 마을 사람들에게 북극곰 이야기를 들었습니다.

2 북극에서 일어나는 변화를 찾아봅니다.

3 북극곰이 무엇 때문에 힘들어하고 있는지 생각 하며 용기를 주는 글을 씁니다.

2주 63쪽

1 ①   2 오로라   3 예 북극에서는 썰매를 타고 다니고, 우리나라에서는 자동차나 지하철 등을 타고 다닌다.

1 둥근 얼음집의 이름은 '이글루'입니다.

2 오로라는 극지방에서 볼 수 있습니다.

3 우리나라와 기후도 다르고 생활 방식도 다른 북극의 생활을 생각합니다.

2주 65쪽

1 ③   2 ①   3 예 남극의 얼음보다 북극의 얼음 이 더 짜다. / 남극에는 사막처럼 건조한 지역과 화산섬이 있지만 북극에는 없다.

1 남극은 바다로 둘러싸인 대륙입니다.

2 남극에는 건조한 지역과 화산섬이 있다고 피터 의 삼촌이 말했습니다.

3 삼촌이 피터에게 해 준 말을 다시 읽어 봅니다.

2주 67쪽

1 ④   2 남극   3 예 여름에 백야 현상이 일어난 다. / 겨울에 어두운 밤만 계속된다. / 1년 내내 춥 다. / 다양한 동물들이 산다.

1 남극은 북극보다 춥지만 다양한 동물이 산다 는 내용이 중심 내용입니다.

2 지구상에서 가장 추운 곳은 남극입니다.

3 남극과 북극은 모두 추운 극지방입니다.

2주 68~69쪽   되돌아봐요

1 (1) ④ (2) ① (3) ③ (4) ②   2 북극곰, 북극여우, 일각돌고래, 오로라, 백야

1 북극의 겨울은 매우 춥고 밤이 계속됩니다.

2 펭귄은 남극에서 볼 수 있습니다.

2주 71쪽   궁금해요

예 (1) 지구의 기온이 높아지는 현상 (2) 바닷물의 높이가 높아져서 육지가 잠길 수 있고, 홍수 같은 피해가 더 많이 생길 수도 있다.

2주 73쪽   내가 할래요

예 늘려야 할 것: 전기 아껴 쓰기, 수돗물 아껴 쓰 기, 친환경 상품 쓰기, 재활용품 사용하기, 걷기 나 자전거 타기 등 / 줄여야 할 것: 전기 낭비, 수 돗물 낭비, 합성 세제 사용, 에어컨 사용, 지나친 난방 등

● 지구 온난화를 막을 수 있는 구체적인 방법을 생각합니다.

3주 생활 속 과학

예 어렵다. 복잡하다. 신기하다.

3주 77쪽

1② **2**(1) 먼지떨이 (2) 재떨이 **3** 예 물을 자주 끓인다. / 젖은 빨래나 수건을 방 안에 걸어 둔다.

1 마찰 전기는 물체들이 닿아 비벼질 때 만들어집니다.

2 달려 있는 것, 붙어 있는 것 따위가 떨어지게 흔들거나 치거나 하는 것은 '털다'입니다. 달려 있거나 붙어 있는 것을 쳐서 떼어 내는 것은 '떨다'입니다. 따라서 '먼지털이'가 아니라 '먼지떨이'입니다.

3 방 안을 건조하지 않게 하는 방법을 생각합니다.

3주 79쪽

1 토끼 **2**(3)○ **3** 더 가까이 앉는다.

1 시소 양쪽의 무게가 같아야 합니다.

2 용수철저울은 수평 잡기의 원리와 상관없이 무게를 재는 도구입니다.

3 시소가 수평을 이루려면 무거운 동물이 받침점에 가까이 앉아야 합니다.

3주 81쪽

1② **2**② **3** 예 시계추가 움직이는

1 '진동'은 앞뒤로 움직이는 운동을 반복하는 것을 말하고, '추'는 진자의 끝에 매달린 것을 가리킵니다.

2 진동을 할 때에는 양쪽 끝보다 가운데를 지나갈 때의 속도가 더 빠릅니다.

3 앞뒤나 좌우로 일정하게 움직이는 것을 찾아야 합니다.

3주 83쪽

1① **2**(1) ㄴ, ① (2) ㄱ, ② **3** 예 공기가 적어지면 생물의 수가 줄어들게 될 것이다. / 공기가 적어지면 숨쉬기가 힘들어질 것이다.

1 공기를 불어 넣어 사용하는 물건이 아닌 것을 찾습니다.

2 무게는 물건의 무거운 정도이고, 부피는 물건의 크기와 관련된 낱말입니다.

3 공기가 하는 역할을 생각하며 공기가 줄어든 상황을 떠올려 봅니다.

3주 85쪽

1(1) ㄷ (2) ㄱ (3) ㄴ **2**② **3** 예 아기 옆에는 항상 엄마가 그림자처럼 있다.

1 그림자는 물체의 모양을 닮습니다.

2 그림자는 물체의 모양을 닮기 때문에 모양이 매우 다양합니다. 또한 그림자는 빛이 물체를 통과하지 못하기 때문에 생기며, 투명하지 않은 물체에 빛을 비춰야 그림자가 생깁니다.

3 '그림자'가 다른 뜻으로 쓰일 수 있음을 알고 그 뜻에 알맞게 문장을 만듭니다.

1 ① 2 ③ 3 예 항상 웃는 얼굴로 보이게 하는 거울을 만들어 모든 사람들을 행복하게 만들고 싶다.

1 ①번 그림이 좌우가 뒤집혀 있습니다.

2 빛이 물체의 표면에 부딪혀 튕겨져 나가는 것을 '반사'라고 합니다.

3 거울의 특징을 생각하며, 어떤 거울을 만들고 싶은지 고민해 봅니다.

1 ① 2 ④ 3 (1) 보미 (2) 받침점은 지레를 받치고 있는 곳을 말하기 때문이다.

1 가위, 지레, 병따개는 힘이 작용할 때 서로 닮은 점이 있습니다. 힘점, 받침점, 작용점이 있어서 작은 힘을 크게 만들어 줍니다.

2 칼 따위로 표면을 얇게 벗겨 낸다는 뜻으로 사용되는 말은 '깎다'입니다.

3 손톱깎이가 사용되는 모습을 생각하며 힘점, 받침점, 작용점을 떠올립니다.

1 ① 2 ④ 3 예 오징어를 널어놓아도 마르지 않아 마른오징어를 먹을 수 없다. / 머리가 마르지 않아 늘 젖은 채로 다녀야 한다.

1 물이 어는 것은 증발이 아닙니다.

2 젖은 빨래에서 물이 증발하여 없어지는 것을 '빨래가 마른다.'라고 합니다.

3 물이 증발을 하면 물의 양은 줄어들고 마른 상태가 됩니다.

1 (1) ㉡ (2) ㉠ 2 ③ 3 예 화가 난 어머니의 목소리가 천둥처럼 울렸다.

1 벼락과 번개의 뜻을 잘 구분해 봅니다.

2 '피뢰침'은 번개를 끌어 들여 땅속으로 흘러 들어가게 해 주는 뾰족한 금속입니다.

3 각각의 낱말이 의미하는 바가 무엇인지를 알고 내용에 알맞게 빗대어 표현해 봅니다.

1 ④ 2 ②, ④ 3 예 깃털로 비행기를 만든다. 깃털은 가벼워서 잘 날기 때문이다.

1 인라인스케이트는 하늘을 날기 위해 만들어진 것이 아닙니다.

2 지구가 잡아당기는 힘은 '중력'이라고 하고, 물에 뜨는 힘은 '부력'이라고 합니다.

3 비행기를 만들 수 있는 재료를 생각하면서 주위의 재료를 살펴봅니다. 그리고 그 재료를 선택한 이유를 함께 씁니다.

1 ④ 2 (2) ○ 3 예 자석 필통, 자석 메모판, 자석 칠판, 자기 부상 열차, 책가방 잠금장치

1 자석은 철로 만들어진 쇠붙이를 끌어당기는 성질이 있습니다.

2 자석의 N극과 S극은 'North(북쪽)'와 'South(남쪽)'의 첫 글자를 따서 붙여진 것입니다. N극과 S극은 서로 끌어당기고, N극과 N극, S극과 S극은 서로 밀어냅니다.

3 자석의 원리를 이용한 물건들을 주변에서 찾아봅니다.

3주 99쪽

1 ① **2** 중력 **3** 예 모든 물건들이 둥둥 떠 있을 것이다. / 땅에서 공을 차는 축구 경기를 할 수 없을 것이다.

1 로켓이 날아가는 것은 중력을 거스르는 힘이 작용한 것입니다.

2 "지구는 지구 위에 있는 모든 물체를 잡아당기는 힘이 있어. 이걸 '중력'이라고 하지."라는 말속에 답이 있습니다.

3 중력이 무엇인지 알고, 이와 관계된 우리의 생활 모습을 떠올려 봅니다.

3주 100~101쪽 되돌아봐요

1 (1) 마찰 전기 (2) 빛의 반사 (3) 지레의 3요소 (4) 물의 증발 **2** (1) ○ (2) X (3) ○ (4) ○ **3** (1) ㉠ (2) ㉠ **4** (1) 공기 (2) 정전기 (3) 자석 (4) 그림자

1 먼지떨이는 마찰을 이용하여 먼지가 달라붙게 하고, 빨래를 말리면 물은 증발됩니다. 빛의 반사로 거울을 볼 수 있으며, 손톱깎이에서 지레의 3요소를 찾을 수 있습니다.

2 물은 증발할 수 있습니다.

---

3 화창한 날은 물이 잘 증발하기 때문에 빨래를 말리기에 좋으며, 번개가 치는 날은 벼락을 막아 줄 피뢰침이 필요합니다.

4 비행기는 날개 위와 아래의 공기 흐름과 압력의 차이 때문에 날 수 있으며, 마찰로 일어나는 전기를 정전기라고도 합니다. 냉장고 문은 자석이 있기 때문에 잘 닫히며, 빛이 있어야 그림자가 생깁니다.

3주 102~103쪽 궁금해요

1 예 유리컵, 유리병, 셀로판테이프, 유리구슬, 물 등 **2** 예 서로 다른 종류의 마찰 전기를 띠게 되어 두 개의 고무풍선은 서로 잡아당겼을 것이다.

1 투명한 물체는 빛을 통과합니다. 주위에서 여러 가지 투명한 물체를 찾아봅니다.

2 서로 같은 종류의 전기는 밀어내고, 서로 다른 종류의 전기는 잡아당긴다는 점을 생각합니다.

3주 105쪽 내가 할래요

예 (1) 생활 속 현상(모습): 돋보기로 보니 물체가 커 보인다. (2) 원리: 작은 것을 크게 보이도록 돋보기 알의 배를 볼록하게 만들었기 때문이다.

● 보기 로 나온 무지개처럼 우리 주위에서 흔히 볼 수 있는 물건이나 현상을 관찰하여 과학적 원리를 생각해 봅니다.

4주 날씨와 생활

예 소풍 가기, 운동하기, 빨래 널기 등

1 ①   2 (2) ○   3 예 (1) 반성문 쓰기 (2) 친구와 교실에서 심하게 싸워서

1 까마귀와 까치는 견우와 직녀를 위해 다리를 놓았습니다.

2 홍수는 한꺼번에 내린 많은 비로 강물이 크게 불어나 넘쳐흐르는 것을 말합니다. 홍수가 나면 강물이 둑을 넘쳐흐르고, 집 등이 물에 잠깁니다.

3 자신이 학교나 집에서 받은 벌과 그런 벌을 받은 이유가 무엇인지 잘 정리해 봅니다.

1 (2) ✔   2 소나기   3 예 지렁이가 나오면 비가 온다는 징조이다. / 하늘에 별이 많으면 날씨가 맑다는 징조이다.

1 해가 쨍쨍해서 비가 내릴 것이라고 아무도 생각하지 못했습니다.

2 '소 내기'는 소를 걸고 한 내기라는 뜻으로 '소나기'의 어원입니다.

3 할머니가 다리가 아프시다고 하면 비가 온다는 징조처럼 우리의 생활 속에서 찾아볼 수 있는 예를 생각해 봅니다.

1 ③   2 (4) ○   3 예 (1) 바보 구름비 (2) 짝사랑하는 여우가 시집가는데도 여우 앞에서 웃고 있는 구름의 모습이 생각나서

1 '애써 환한 미소를 지어 보였지만 이내 눈물을 흘리고 말았지요.'에서 답을 찾습니다.

2 구름의 색과 모양은 다양하고, 구름은 바람에 따라 항상 움직입니다. 그래서 맑았던 날씨가 변하는 것입니다.

3 맑은 하늘에 잠깐 왔다 가는 여우비의 모습을 이야기와 연결하여 이 비에 재미있는 이름을 붙여 봅니다.

1 ②   2 (2) ○   3 예 비 온 뒤에 땅이 굳어지는 것처럼 지금 힘든 시간을 잘 참고 견디면 좋은 결과가 있을 것이다. / 그 사람은 번갯불에 콩을 볶아 먹을 만큼 빨리 달렸다.

1 우리의 속담 중에는 날씨와 관련된 것이 많다는 것이 이 글의 중심 내용입니다.

3 속담의 의미와 어울리는 문장을 만듭니다.

1 ④   2 ④   3 예 (1) 날씨가 푹푹 찐다. (2) 산에 울긋불긋 단풍이 들었다. (3) 흰 눈이 담장 위에 소복소복 쌓여 있다.

1 사계절이 생기는 이유는 지구가 약간 기울어진 채로 태양의 주위를 돌기 때문에, 지구가 도는 위치에 따라 햇빛을 받는 양이 달라서입니다.

2 태양의 위치는 바뀌지 않습니다.

3 각 계절의 특징을 잘 나타낼 수 있는 흉내 내는 말을 넣어 문장을 만들어 봅니다.

4주 119쪽

1 절기 **2** (1) ⓒ (2) ㉠ (3) ㉣ (4) ㉡ **3** 예 매일매일 웃을 수 있게 해 주세요. / 사랑·행복·건강

1 이 글은 우리 조상들이 한 해를 24절기로 나누어 어떻게 살았는지 설명하고 있습니다.

2 입춘은 봄의 시작을, 입동은 겨울의 시작을 알리는 절기입니다.

3 한 해를 어떻게 보내고 싶은지 자유롭게 써 봅니다.

4주 121쪽

1 ② **2** 장마 **3** 예 가뭄이 발생하면 식물과 동물이 먹을 물이 모자라 어려움을 겪게 된다. 가뭄에 대비하기 위해서는 댐이나 보 등을 만들어 물을 모아 두어야 한다.

1 우리나라에서는 황사 현상이 주로 봄과 초여름에 나타납니다.

3 가뭄은 비가 오랫동안 내리지 않아 메마른 날씨를 말합니다.

4주 123쪽

1 ④ **2** ② **3** 예 바람을 이용하여 풍력 발전을 할 수 있도록 풍력 발전 장치가 있는 집을 만들겠다. (예시 그림 생략)

1 날씨에 알맞게 지은 우리나라의 여러 집들을 소개하는 글입니다.

2 울릉도 투막집에는 눈을 막아 주는 우데기라는 특이한 벽이 있습니다.

3 바람이 많이 부는 제주도의 지역적인 특징을 잘 활용한 집을 떠올려 봅니다.

4주 125쪽

1 ④ **2** ④ **3** 예 (1) 투막집은 눈이 많이 내리는 알프스산맥에 지어도 눈이 집 안으로 들어가지 못하게 잘 막아 줄 것이다. (2) 투막집은 창문이 하나도 없어서 알프스산맥의 멋진 풍경을 집 안에서 볼 수 없을 것이다.

1 수상 가옥은 비가 많이 오고 기온이 높은 베트남이나 캄보디아 등지에서 볼 수 있는 집입니다.

3 투막집의 장점과 단점을 생각해 봅니다. 또 알프스산맥에서 투막집을 지을 때 필요한 재료를 잘 구할 수 있을지도 생각해 봅니다.

4주 127쪽

1 (1) ㉡ (2) ㉠ (3) ㉢ **2** ④ **3** 예 백엽상에서 기온을 측정하는 것이 가장 정확하기 때문이다.

1 '풍향계'는 바람의 방향을, '풍속계'는 바람의 속도를 알 수 있는 기구입니다.

2 백엽상은 잔디나 풀밭에서 약 150센티미터 떨어진 높이에 설치합니다.

3 날씨를 정확하게 알기 위해서는 햇빛의 영향을 많이 받지 않는 곳, 바람이 잘 통하는 곳, 풀밭에서 약 150센티미터 떨어진 곳, 기온 측정 기구가 비나 눈에 맞지 않는 곳 등에서 날씨를 측정해야 합니다.

4주 129쪽

1 ② **2** ④ **3** 예 구름 사진으로 날씨를 예측할 수 있어 날씨로 인한 피해를 최소한으로 줄일 수 있다.

1 '일기'에는 날씨를 뜻하는 낱말과 날마다 겪은 일이나 생각을 적는 개인의 기록이란 뜻의 낱말이 있습니다.

2 기상청에서는 날씨를 미리 알려 주는 '일기 예보'를 하고, 날씨에 갑작스러운 변화나 이상 현상이 생겼을 때 '기상 특보'를 발표합니다.

3 기상 위성에서 찍은 구름 사진이 무엇을 하는 데 이용되는지 잘 생각해 봅니다.

4주 131쪽

1 ③ **2** (1) ⓒ (2) ⓛ (3) ㉠ **3** 예 비행기나 자동차, 열차, 배 등의 안전사고를 미리 예방할 수 있다.

3 날씨를 미리 알면 여행, 운동 등 다양한 계획을 날씨에 맞춰서 세울 수 있습니다. 또 공연이나 큰 행사를 준비할 때도 도움이 되고, 태풍, 홍수 등에 대비할 수도 있습니다.

4주 132~133쪽 되돌아봐요

1 (1) 울릉도의 투막집 (2) 알프스산맥의 집 (3) 수상 가옥 (4) 제주도의 전통 가옥 (5) 초가집 (6) 알래스카의 이글루 **2** ③, ①, ④, ②

1 날씨나 환경에 따라 집의 구조나 모양이 달라집니다.

2 일기 예보를 하기 위해서는 날씨를 관측한 다음 날씨 자료를 수집하여 분석하는 과정이 필요합니다.

4주 135쪽 궁금해요

예 미루나무, 메뚜기, 족제비, 민들레, 달팽이, 지렁이, 개구리, 무궁화, 해바라기, 할미꽃

● 우리나라에서는 개미, 나리 등의 태풍 이름을 제출한 적이 있습니다. 이 밖에 다양한 이름을 생각해 봅니다.

4주 136~137쪽 내가 할래요

1 예 (1) 구름들이 싸우고 있는 그림 (2) 비가 우산 위로 떨어지는 그림 (3) 해가 선글라스를 끼고 있는 그림 (4) 눈이 아이스크림 모양으로 쌓이는 그림 **2** 예 오늘 오후 경기도와 충청도 지역에 비가 오겠습니다. 그 밖의 지방은 흐리고 구름이 많겠습니다.

1 날씨를 표현할 수 있는 개성 있는 일기 기호를 생각해 봅니다.

2 일기도에 나와 있는 일기 기호를 잘 파악하여 지역별로 안내합니다.

5권 구매 등록마다 선물이 팡팡!

세토 시리즈
래빗 포인트

★★ **래빗 포인트 적립하기**

🐰 **포인트 번호**

R821-3E6X-65C3-U280

---

1 래빗 포인트란?

NE능률 세토 시리즈 교재 구매 시 혜택을 드리는 포인트 제도입니다. 1권 당 1P가 적립되며, 5P 적립마다 경품으로 교환 가능합니다. (시리즈 3종 포함 시 추가 경품 증정)

2 포인트 적립 방법

1. 세토 시리즈 교재 구입
2. 래빗 포인트 적립 페이지 접속 (QR코드 스캔)
3. NE능률 통합회원 로그인
4. 포인트 번호 16자리 입력

3 포인트 적립 교재

- 세 마리 토끼 잡는 독서 논술
- 세 마리 토끼 잡는 초등 독해
- 세 마리 토끼 잡는 급수 한자
- 세 마리 토끼 잡는 초등 어휘
- 세 마리 토끼 잡는 역사 탐험
- 세 마리 토끼 잡는 초등 한국사

★ **포인트 유의사항** ★

- 이름, 단계가 같은 교재의 래빗 포인트는 1회만 적립 가능하며, 포인트 유효기간은 적립일로부터 1년입니다.
- 부당한 방법으로 래빗 포인트를 적립한 경우 해당 포인트의 적립을 철회하고 서비스 이용을 제한할 수 있습니다.
- 래빗 포인트에 관한 자세한 사항은 래빗 포인트 적립 페이지 맨 하단을 참고해주세요.

NE 능률